CONTENTS

事故物件探偵
人物紹介

事故物件とは……

事件や事故で人が亡くなった物件のこと。
建物自体に瑕疵（欠陥）がなくても、
心理的な抵抗を与える瑕疵（心理的瑕疵）のせいで
家賃が下がったり、買い手がつかないなど、その影響は大きい。
年々増加しており、不動産業界でも問題になっている。

天《あま》木《き》 悟《さとる》

有名人を両親に持つ、
スター建築士。
一方で事故物件の
心理的瑕疵の解決に
心血を注ぐ。

イラスト／世禕

空《そら》橋《はし》圭《けい》史《し》郎《ろう》

不動産屋『黒猫不動産』代表。
天木の大学時代の同級生で、
事故物件関連の相談を持ち込む。

織《おり》家《や》紗《さ》奈《な》

建築学科に通う
大学一年生。霊が見えるが
本当は見たくない。
天木に憧れていたが……。

プロローグ

その家を見つけたのは、織家紗奈《おりやさな》が中学三年生の時のこと。

修学旅行で福島県から遠路遥々《はるばる》訪れたのは、神奈川県の横浜《よこはま》市である。班別の自由行動で、織家の班は港の見《みなとみ》える丘《おか》公園へ行くことに決めていた。地下鉄のみなとみらい線の元町《もとまち》・中華街《ちゅうかがい》駅で降り、地上に出れば公園はすぐそこだ。

しかし、広大な公園の入口がどこにあるのかわからない。敷地の外周に沿って歩いているうちに、いつしか住宅地へと迷い込んでしまった。迷子に近い状況だが、織家はあまり危機感を抱いていなかった。他の子たちもそのような様子はなく、寧《むし》ろワクワクしているように思えた。いざとなれば、人に尋ねるなりスマホを使うなり、どうにでもなるのだから。

角を曲がったところで、水色ののぼり旗が織家の目に留まった。そこには、ゴシック体で『天木《あまき》建築設計　住宅完成見学会』と書かれている。

「わー、素敵な家！」

班の女子の言葉に釣られるようにして、織家も最後尾からその家を見上げた。途端に、心を鷲摑《わしづか》みにされる。

二階建ての外壁はまるで生クリームをたっぷりと塗り付けたケーキのようで、三角形の屋根にはビスケットのような茶褐色の洋瓦《ようがわら》が敷いてある。玄関の扉は明るい色の木目調で、いくつもある窓の下部には丸みを帯びたフラワーボックスが取り付けられていた。

開かれた西洋風の門扉の向こうは、朱色の飛び石が玄関まで続いている。

ドラマや映画の世界から引っ張り出したかのような、とても可愛くて綺麗《きれい》な家。見惚《みと》れた織家は、その場で足を止めてしまう。ガーデニングを行うには十分な広さの芝生の庭には、若い男女の姿が見えた。大きく膨らんだ女性のお腹に、男性が優しい目を向けている。おそらくは、ここに住むことになる夫婦なのだろう。

「中はどうなっているのかな」

そんな独り言が、思わず口から零《こぼ》れ落ちた。見学会なのだから、入ろうと思えば入ることができるはずだ。しかし、見学は基本的に家の建築を検討している人に限られるだろう。親同伴ならまだしも、中学生が一人で入れてもらえるとは思えない。

織家が立ち止まっていることに気づいていないのか、班の皆の背中は気づけばかなり小さくなっていた。最初に声を上げた女子も、すでに興味を失ってしまったようだ。スマホで連絡が取れるとはいえ、逸《はぐ》れたら迷惑をかけてしまうだろう。後ろ髪を引かれる思いで一歩を踏み出したところで、家の方向から声をかけられた。

「よかったら、見ていく？　結構暇をしてるんだ」

玄関から顔を覗《のぞ》かせたのは、下ろし立てなのかパリッとしているスーツ姿が様になっている若い男性だった。微笑みかけてくる顔の造形は非常に端整で、織家は家に続きその男性にも見惚れてしまう。

班の皆の顔が頭を過《よぎ》ったが、結局織家は誘われるがままに門扉を通った。

家の中には、織家の想像の上をいく空間が広がっていた。

オールステンレスの対面キッチンは全てオーダーメイドで作ったらしく、細かい収納に至るまで一切の無駄がない。リビングの無垢《むく》材のフローリングによく馴染《なじ》む若葉色のソファーは、吹き抜けの天井から下がる複数のペンダントライトに優しく照らされていた。脱衣室に隣接する形で設けられたサンルームには、光が燦々《さんさん》と差し込んでいる。

二階の廊下と吹き抜けは繋《つな》がっており、階段を上がるとリビングが手摺《てすり》越しに見下ろせる。お腹の赤ちゃんのために作られたのだろう子ども室には、様々な動物が描かれたユニークな壁紙が一面に貼られていた。剝《む》き出しの梁《はり》からは大きなファンが下がり、静かにくるくると回っている。

「素敵ですね。温《ぬく》もりがあるというか、唯一無二の味があるというか……すみません。上手《うま》く言えないんですけど」

「そう言ってもらえると、僕も設計した甲斐《かい》があるよ。独立してから初めて設計した家なんだが、我ながらいい家ができたと思っているんだ」

若いのでてっきり設計事務所の従業員だと思い込んでいたのだが、話を聞くと彼こそが天木建築設計代表の天木とのことだった。

褒められたことが嬉《うれ》しかったのか、天木はこだわった点や苦労した点を語り始める。そんな彼の話を聞いているうちに、今まで感じたことのない感情が織家の心の中に沸々と湧いてきた。その正体に気づくと、織家は途端に恥ずかしくなる。

天木という男に、憧《あこが》れてしまっているのだ。自分には想像もできない努力を積み重ねてきたのだろう彼に対して、平凡な中学校生活を送ってきただけの自分が憧れという感情を抱いている。そのことが、ただただ恥ずかしかった。

そして、同時に思うのだ。自分もこんな家を設計できる人間になれるだろうか、と。

夢なんてものは、コロコロと移り変わる年頃かもしれない。しかし、少なくともその時、織家の夢は、目の前にいる天木のようになることに間違いなかった。

だから、尋ねようとした。自分もあなたのようになれますか、と。

「あ、あの……」

しかし、その先の言葉は織家のスマホの着信音に阻まれる。スカートのポケットから取り出して確認すると、相手は班の友達のうちの一人だった。どうやら、逸れたことに気づいたらしい。

織家は内心『努力を惜しまなければなれるよ』などといったお決まりの言葉が天木から返ってくることを期待していた。そんな自分がどうしようもなく子どもであることを自覚し、重ねて恥ずかしくなる。質問をせずに済んだことを、電話をかけてくれた友達に密《ひそ》かに感謝した。

「すみません。私、もう行かないと」

「予定があったのかな？　引き留めて悪かったね」

天木も、まさか修学旅行中だとは思っていないだろう。ありがとうございましたと礼を述べた織家は、階段を下りて玄関に向かう。その途中にある開けっ放しのクローゼットの中に——それはいたのだ。

第一話　階段の怪談

「短い間でしたが、お世話になりました」

大学入学に合わせてショートボブに整えた頭を深々と下げる織家を前に、口髭《くちひげ》の似合う喫茶店の店長は困り顔のまま、それでいてはっきりと拒絶を示すようにピシャリと店の戸を閉めた。たった今、バイトをクビになったところである。

愛想は人並みにあり、接客も完璧《かんぺき》とは言わないがそつなく熟《こな》せていた自信はある。同僚といがみ合うようなこともなかった。それなのに、たったの一週間足らずでこの有り様である。

「まあ、仕方ないか。だけど……困ったなぁ」

スマホに入っている家計簿のアプリを睨《にら》みながら、織家は眉《まゆ》をぎゅっと寄せた。

受験勉強の甲斐あって、織家が晴れて横浜市のY大学の建築学科に入学したのはつい二週間ほど前のこと。華々しいキャンパスライフが幕を開けたわけだが、喜んでばかりもいられない。

織家は、幼い頃に母を失っている。父は再婚することもなく、男手一つで織家をここまで育て上げた。そんな父は娘を心配してか、はたまた単に子離れができないのか、織家が横浜の大学に進学することに猛反対した。福島の実家から通える距離の大学にも建築系の学科はあるからそこにしろという意見を、断固として曲げなかった。

それに反発する形で、織家は横浜の大学受験を強行する。自身の学力では厳しいと言われていたが、奇跡的にも現役合格することができた。結果とは、即ち努力の証《あかし》である。合格を伝えれば父も折れてくれるだろうと思いきや、向こうも意地になっているようで首を縦には振ってもらえなかった。

ここまで来てしまえば、もう互いに引き下がることはできない。絶縁も覚悟のうえで横浜に出てきた織家の肩には、現在学費と生活費の全てが乗っているわけである。

父の協力は得られなかったが、機関保証制度を利用することでどうにか奨学金を受けることはできた。高校時代にバイトで貯めた貯金も多少はあるが、気を抜けばあっという間に使い果たしてしまうだろう。喫茶店のバイトは店もお洒落《しゃれ》で、時給も悪くなく、楽しくやっていけそうだったのだが――。

慣れない土地での大学生活は、まだ始まったばかり。他にも心配事を数えれば、両手の指を使っても足りそうにない。先のことを考え始めると、どうにも頭の中がむず痒《がゆ》くなってくる。

「あー、もうっ！」

両の頬をパチンと叩《たた》くと、通行人が何人か織家の方を見た。恥ずかしくなりつつスマホに目を落とすと、時刻は午前十一時を過ぎている。

「やっば！　急がないと！」

お気に入りのオレンジのトートバッグを抱え込むと、織家は駅へ向かって走り出した。

◆

Y大学のキャンパスまでは、横浜駅から二駅ほど進んだ後に二十分は歩かなければならない。アクセスのしやすい立地とは言えないが、代わりに広大な敷地と豊かな自然に囲まれている。キャンパスマップを見るとちょっとしたテーマパークのようであり、移動するうえでとにかく足が疲れた。入学して日も浅いので、道に迷うこともしばしばである。

南門から入ってすぐのところには図書館があり、出入口の前は円形の広場となっている。学生たちにとっての憩いの場であるそこでは所々でグループができており、皆楽しそうに談笑している。

まだ友達と呼べる間柄の関係を学内で築けていない織家は、足早にそこを突っ切ると、図書館の外にあるガラスパネルの掲示板の前に立った。目を向けたのは、いくつもある掲示物のうちの一枚である。

建築学科特別講義『住宅デザインにおける窓の可能性』。講師　天木建築設計代表・天木悟《あまきさとる》。○月×日、大講義室にて午後一時より。

ガラスに反射する織家の顔は、にまにまと緩んでいた。このポスターはこれまでに何度も見ており、何なら自宅であるアパートの壁にも貼ってある。

ポスターのおおよそ半分を占めているのは、スーツを着込んだ塩顔のイケメンだ。艶《つや》のある黒髪はセンターより右に分けられており、自然な形でセットされている。言うまでもなく、彼こそが天木悟である。

中学校の修学旅行で横浜を訪れて以来、天木が造ったあの家は織家にとって憧れであり、目標であり、自分の進むべき道を示してくれた指標となった。

そしてもちろん、そんな建物を設計した天木に対しても深い尊敬の念を抱いている。おまけにイケメンともなれば、推さない理由を探す方が難しいだろう。

「入学早々に天木さんの講義を受けられるなんて……本っ当についてる！」

父親の反対を押し切りY大学に進学したのは、座学のみでなく五感を通して建築を学べる授業を多く取り入れている部分に惹《ひ》かれたのが一番の理由だ。だが、天木の事務所が横浜にあるというのも理由の一つであることは否定できない。あわよくば就職したいという気持ちがゼロだと言えば嘘になるが、そんなものは夢のまた夢。だが、街中である日バッタリと出くわしたりして……などという妄想をするくらいは、織家の自由だろう。

そんな憧れの相手の特別講義が入学してすぐに受けられるというのは、織家にとって嬉《うれ》しすぎる誤算だった。

「天木さん、私のことを覚えていたりしないかな」

などと一人呟《つぶや》いてはみたものの、それが高望みであることは織家も自覚している。あれから、約四年が経った。天木の見た目は変わらないが、織家は多少なり大人になっている。天木は壇上で多くの学生と向き合うことになるのだから、おそらく気づいてはもらえないだろう。

だが、もしも話をする機会を得られたなら、あの時のことを思い出してもらえるかもしれない。

だからこそ、いい席を取らなければと織家は早めに大学へやって来たのである。キャンパス内の移動はまだまだ不慣れなので、しっかりとスマホでキャンパスマップを確認してから大講義室を目指した。

◆

大講義室は、どの席からも講師が見えるように座席が階段状に配置されている。入室した時、織家は野球のスタジアムを連想した。

収容人数は、約二百名。初めて入ったが、波打つようなデザインの白い天井が特徴的で面白い。などというお気楽な感想は、すぐに隅へ追いやられる。

「……やばい」

織家が到着したのは、講義開始の約三十分前だった。余裕を持って訪れたつもりだったのだが、席はもう前でも後ろでもない中途半端な場所が僅《わず》かしか残っていない。どうやら、天木の人気を侮っていたようだ。

とにもかくにも、まずは座席を確保する。広い講義室内は、まるでアーティストのライブ前のようにざわめいていた。自然と、前の席の女子グループの会話が耳に入ってくる。

「天木さんって、親が有名人なんだっけ？」

「確か父親が芸能人で、母親はモデルか何かだったかなー」

正確には、父親が舞台俳優で母親が元アイドルである。身を乗り出して教えてあげたい衝動に駆られる織家だったが、厄介なオタクと思われるのも嫌なのでやめておいた。

「でも、それだけ恵まれてると設計の評価も親の七光りっぽく感じるよね」

聞き捨てならない言葉に、織家はその発言をした女子の後頭部を睨みつけた。

天木には学生時代からコンペを総なめにしていたという実績もあり、親の職業が発覚したのも、設計した家が注目を集めて雑誌のインタビューを受けた時のことである。断じて、親の七光りなどではない。

文句を言ってやりたい気持ちを何とか堪《こら》えて、フンと鼻を鳴らすに留《とど》めた織家は不機嫌丸出しで片肘《かたひじ》をつく。そして、間もなく天木が立つことになるだろう壇上へと目を向けた。

そこには現在、痩《や》せ型で白髪に丸眼鏡をかけたストライプスーツ姿の男性が何をするでもなく突っ立っている。年は七十を超えていそうだ。織家は初めて見るが、この大学の教授か誰かだろうか。

「……あっ」

そう呟くと同時に、織家は目を伏せる。その男性が顔を合わせたくない知人というわけでもなければ、急に体調が悪くなったわけでもない。しかしながら、織家にとっては困ったことになっていた。

あんなところで何をしているのだろうとその男性を観察していたところ、音響機器を運んでいた女性が――男性の体を、何事もなく通り抜けていったのだ。

即ち――幽霊。それらが見えてしまうことこそ、織家が長年抱えている悩みだった。

きっかけは、三歳の頃。織家は覚えていないが、公園の遊具から転げ落ちて一週間ほど生死の境を彷徨《さまよ》ったことがあるらしい。そこから生還して以降、妙なものが見えるようになってしまったようだった。

霊が見えて得することも、あるにはある。しかし、大半は損ばかりだ。あまりにはっきり見えるものだから、先ほどのように生きている人間と見間違うことも多々ある。この悩みを人に話せば、嫌な顔をされるか鼻先で笑われるかのどちらかのリアクションしか返ってきた例《ため》しがない。だから、もう長い間誰にもこの秘密を打ち明けられないでいた。

喫茶店のバイトを早々にクビになったのも、織家が他の人には見えない客を持て成したことが原因だった。それは質《たち》の悪い悪戯《いたずら》として受け取られて、泣き出す子まで出る始末。そんなバイト先に、平然とした顔で留まれるはずもない。

霊のせいで台無しにされた思い出は、数え始めるときりがない。そして今日も、また一つ増えそうだ。よりにもよって、ずっと楽しみにしていた天木の講義が行われる壇上に出現してしまうとは。そこはいくらなんでも邪魔すぎる。退《ど》いてほしい。いつもなら見えないふりでやり過ごすのだが、今回ばかりは恨めしい目を向けずにはいられない。

白髪の男性は、頭を垂れたまま動かなかった。しかし、よく見ると微《かす》かにだが唇が動いている。

何を言っているのだろう。聞き取ろうと耳を澄ませて身を乗り出すと、男性の首が突如としてあり得ない角度に折れ曲がり、ギョロリとした双眸《そうぼう》がこちらに向けられた。織家は息を飲み、咄嗟《とっさ》に顔を伏せる。

霊が見えるからと言って、それに慣れるなどということはない。どうしたところで、怖いものは怖いのだ。今は昼間で周囲に大勢の人もいるからどうにか我慢できているが、一人きりの時に遭遇していたのならば、織家は今頃悲鳴を上げて逃げ出しているだろう。

大講義室を出ようか。その選択肢は、浮かんだ直後に切り捨てる。冗談ではない。今日を逃したら、大学卒業まで天木に出会えない可能性も十分あるのだ。霊なんて、いつも通り無視すればいい。気にしたら負けだと、織家は自分に言い聞かせて深呼吸する。

僅かばかり取り戻した平常心を胸に留め、静かに講義の開始を待った。

◆

「ホント、最っ悪」

大講義室を出て項垂《うなだ》れながら歩く織家は、恨みの籠《こも》った悪態を床に吐いた。

捌《は》けていく学生たちの中からは、天木の講義を「わかりやすかった」や「面白かった」と絶賛する声が聞こえてくる。素晴らしい内容だったようだ。もっとも、霊感のない者に言わせればの話だが。

織家の目に映っていたのは、終始天木と重なるように立っている邪魔な白髪の男性。さらには天木の声と、天木が襟元につけているピンマイクが拾った霊のボソボソとした呟き声とが重なり、一体何を話しているのか全く聞き取ることができなかったのである。

講義を受けた皆の反応を見るに、この声が聞こえていたのも霊感持ちの織家だけだったようだ。

四年ぶりに会えた天木の顔は霊と重なりまともに見えず、一時間半の講義内容は織家の耳には解読不能な呪文《じゅもん》のようにしか聞こえなかった。あんまりである。

「……落ち込んでも仕方ない」

自分で呟いておきながら、その『仕方ない』という言葉を今朝も発していることを思い出し、気持ちが沈んでしまう。

霊が見えることは、仕方のないこと。頭では理解していても、納得しているわけではない。霊感なんてものがなければ、これまで積み重ねてきた数々の『仕方ない』は、なかったはずなのだから。

「この後、何の授業取ってたっけ？」

考えても答えが出ない問題を投げ出して、織家はトートバッグに手を入れてスマホを探す。授業のスケジュールもキャンパスマップも、全てスマホに入っている。今の時代、スマホがなければ右も左もわからない。

「……ない」

そんな大事なものを、どこかで落としてしまったようだった。織家の顔は、見る見る青ざめていく。

スマホに表示したキャンパスマップを頼りに大講義室まで行ったので、落としたとすれば自分の利用した座席の辺りのはず。織家は学生の波に逆らう形で大講義室に戻ると、先ほどまで座っていた座席の下を覗《のぞ》き込む。幸いにも、スマホはそこで持ち主の帰還を待っていた。

「よかったー！」

安堵《あんど》のあまり、スマホに頬擦りする。ただでさえ資金難な織家に、スマホを買い直す余裕などないのだから。ひとしきり喜んだ後にスマホをバッグにしまい、顔を上げたところでようやく気づいた。

天木は、まだ壇上に残っている。女子大生数人と一緒に、笑顔で写真撮影に応じていた。その姿は、ファンサービスを行う男性アイドルを彷彿《ほうふつ》とさせる。

ああいうのがOKなら、ぜひ自分も一緒に写真を撮りたい。しまったばかりのスマホを取り出した織家だったが、その欲望を抑え込むかのように白髪の高齢男性の霊が再び壇上に姿を現した。途端に足が竦《すく》み、天木の下を目指そうとした足が止まってしまう。

写真を撮っていた女子大生たちは、天木に礼を述べると嬉《うれ》しそうに小声で会話しながら大講義室を出ていった。その背中を見送ると、天木は帰りの支度を始める。

「……あ、あのっ！」

織家は、勇気を振り絞り声を上げた。霊が怖くて近づくことはできないが、遠くから思いを伝えることくらいはできる。織家の声に、天木はにこやかな顔を向けた。現在天木の姿は霊と重なってはおらず、整った顔立ちがよく見える。

「あの、えっと……私、天木さんのファンなんです！」

「それはありがとう。嬉しいよ」

「覚えてますか？　四年くらい前に、港の見える丘公園の近くであなたが開催していた住宅完成見学会に、中学生を一人招き入れてくれたことを。あの家を見たおかげで、私は建築を志してこの大学に――」

夢中で語る織家の声を遮って、天木が驚きの声を上げた。

「君は、あの時の女の子か！」

天木は壇上から降りると、階段状に並ぶ座席の中ほどにいる織家の前まであっという間に距離を詰めてくる。

憧《あこが》れの人が、今まさに目と鼻の先にいる。その事実に脳が耐えきれず、織家の頭からは煙が上がりそうになっていた。

「いやぁ、大きくなったね！　見違えたよ！」

「あ、ありがとうございます」

覚えてくれていただけでも嬉しいのに、天木は再会をこんなにも喜んでくれている。

父の反対を振り切ってまでこの大学へ進学して、本当によかったと思えた。

「君、名前は？」

「あ、織家です。織家紗奈。春に入学したばかりの一年生です」

思い返せば、中学生の時の織家は天木に名乗りもしていなかった。今にして思えば、失礼な話である。

「では、織家くん」

天木は壇上で片付けを行っている大学の事務員たちに聞かれないよう、小声で尋ねてくる。「君、見える人だろう？」と。

不意の質問に、織家の心臓がドクンと跳ねる。これまでひた隠しにしてきた自身の秘密を見抜かれたことに、動揺を隠しきれず視線が泳いでしまう。

「……どうしてそう思うんですか？」

「講義の途中からおかしいとは思っていたんだ。壇上からは、学生が思っているよりも一人一人の顔がよく見える。僕の講義が退屈でスマホを弄《いじ》るなり居眠りするなりならわかるが、君は講義中ひたすら顔を背けていた。この講義は希望者のみで単位がもらえるわけでもないから、無理に出る必要はない。僕に興味がないのなら、そもそも来ているはずもない。となれば、終始顔を背ける理由はなんなのか。――例えば、壇上に見たくないものでも突っ立っていたとかね」

天木の推測は的を射ている。しかし、普通そんな考えに行き着くものだろうか。

「……もしかして、天木さんも見える人なんですか？」

この質問で、織家は自身の霊感持ちを白状したも同然となってしまった。問われた天木は、頭を横に振る。

「残念ながら、僕に霊感の類《たぐい》は一切ないよ。でもね」

周囲をキョロキョロ見渡し、人が近くにいないことを改めて確認してから、天木は口を開いた。

「ここだけの話、僕はオカルトにとても興味があるんだ。このことは、くれぐれも内緒で頼むよ」

ヒソヒソ話のような状況になっている結果、天木との距離も必然的にぐっと近くなる。

織家は火照る顔を覚ますように、何度も大きく頷《うなず》いてみせた。

憧れの人との急接近にドキドキが止まらない一方で、ふと冷静になって考えてみると、凄《すご》い秘密を知ってしまったように思えてきた。さわやかな好青年というイメージの天木に、オカルト趣味というのはそぐわない気がする。内緒にするよう頼まれたということは、天木自身もその趣味が世間一般であまりよく思われないと自覚しているようだ。

そんな秘密を打ち明けてくれたのは、織家が見える側の人間だと確信しているからなのだろう。

「そんなにあっさり、私が見える人だって信じていいんですか？」

「では、試してみよう。君に見える霊の特徴を教えてくれないかな？」

「ええと……」

本当は直視したくないと思いつつも、織家は未《いま》だ壇上で佇《たたず》んでいる霊に目を向けた。

「白髪で丸眼鏡をかけた男性です。七十代くらいですかね？　痩《や》せ型で、ストライプ柄のスーツを着ています」

「なるほど。やはり、見えるというのは間違いないようだね」

見えていることに嘘偽りはないが、なぜ今の発言が嘘つきでない証拠になるのだろうか。訊《き》くまでもなく、天木は語り始める。

「この大講義室では、三年前に桐原《きりはら》さんという教授が講義中の心臓発作で亡くなっている。入学したばかりの君は知らないだろうけど、それ以来出るという噂が学生の間で流れていたんだ。君の上げた特徴は、事前に調べた桐原教授の特徴と一致している。研究熱心な、いい教授だったそうだよ」

さらりと述べているが、その中には無視できない内容があった。

「ちょっと待ってください。事前に調べたって……それじゃあ、まるで天木さんは教授の霊が出るから講義の仕事を受けたように聞こえるんですけど？」

「そうだけど」

けろりとした顔で、天木は織家の考えを肯定した。自分の発言のおかしさに気づいていない様子の彼を前に、すっかり浮かれていた織家の脳はようやく落ち着きを取り戻してきた。

憧れていた人は、少し変なのかもしれない。怖い話や都市伝説が好きという程度なら意外な趣味として呑《の》み込めるが、本業を建前としてオカルトな噂を調べに来たとなれば、それは少しやり過ぎな気がする。

織家が今まで天木悟という男に対して勝手に抱いていた幻想は、ぺりぺりと少しずつ剝《は》がれ落ちてきているように思えた。

「それで、教授はどんな様子かな？」

天木に問われて、織家はやや戸惑いつつも自分の気づいた点を述べる。

「えっと……何か、ずっとボソボソと呟《つぶや》いています」

「呟いている？　何を？」

わからないという意味を込めて、織家は頭を横に振った。天木のピンマイク越しに霊の呟きも聞こえはしたが、二人の言葉が重なっているせいもあり、ほぼ聞き取ることができなかったのである。

「なるほど」と一人で納得した天木は、壇上で見せていたものと同じ人当たりのいい笑みを織家へ向けた。そして、あまりにも急な提案を口にする。

「織家くん。君、僕のところでバイトしないか?」

「バイト……ですか?」

「事故物件ってわかるかな? 事件や事故で人が亡くなったりした物件を指すんだけど、ああいった建物は年々増加の一途を辿《たど》っていて、業界でも大きな問題になっている。だから僕は、率先してそういった物件の調査を行っているんだ」

「調査って……霊が出るか出ないか調べているんですか?」

「それも含むけど、実際に出る場合の対処法などもプランニングしているよ。事故物件のネガティブな事象はよく心理的瑕疵《かし》などと呼ばれるけど、瑕疵である以上それを解決するのは建築士の責務だと考えているんだ。君もそう思わないか?」

「うーん……あまり思わないですかね」

天木の持論を、織家は引き攣《つ》った苦笑いを浮かべてやんわり否定した。だが、天木はどこ吹く風といった様子で嬉しそうに言葉を紡ぎ続ける。

「いやぁ、それにしても、僕の目論見《もくろみ》は大成功だったよ。これだけ学生がいれば、一人くらいは霊感のある子がいると思っていたんだ」

どうやら、この講義にはそもそも霊が見える人材を炙《あぶ》り出すという目的が秘められていたようである。

ここまでの流れで、織家の中における天木の存在は『憧れの人』から『元憧れの人』へと降格し始めていた。彼に感じていたドキドキやワクワクとした気持ちは少しずつ消えていき、激しく脈打っていた心臓はすっかり落ち着きを取り戻している。

「それで、どうかな？　バイトの件」

ずいと天木に詰め寄られた織家は「あー、えっと……どうですかね」と煮え切らない返答を零《こぼ》した。

天木の事務所でアルバイトなんて、ほんの数分前までは夢のような話だった。それなのに、今こうして打診されてみると全く魅力を感じない。その理由は、はっきりとしている。天木が欲しているのは、建築学科生としての織家ではない。霊が見える織家なのだから。

日々当たり前のように見えていても、霊は怖い。だから、極力関わらないというのが織家の結論だ。自ら進んで霊の出る物件の調査に同行するなど、嫌に決まっている。

なので、織家は断ることにした。

「えっと……バイトは今のところ考えていないんです。学業に専念したいので」

その場限りの嘘である。それを見抜いてか、はたまた単に諦《あきら》めが悪いのか、天木は

「まあ、そう結論を急がずに」と食い下がった。

「……というか、天木さんってお祓《はら》いとかできる人なんですか？」

「できないよ。僕は建築士であり、神職や除霊師じゃないからね」

「なら、調査しても解決なんてできないんじゃないですか？」

「そんなことはないよ。実績はある」

「……なら、そこにいる教授の霊をどうにかできたりします？」

未だ壇上に留《とど》まっている桐原教授の霊を指さし、織家は訴える。実際、このまま居座られては、ここで講義を受けるたびにビクビクしなければならないので困ることになる。

「もちろん。でも、ちょっと準備が必要なんだ。君は見える人なんだから、他に何か……例えば、霊の出る物件なんかに心当たりはないかな？」

尋ねる天木は、少し食い気味だった。心なしか、呼吸も荒く感じる。霊感少女に出会ったことで、オカルトへの興味が抑えきれなくなったのだろうか。将来の目標だった人が一変、今や好奇心旺盛《おうせい》なオカルトマニアだ。織家はげんなりとする。

事故物件なんて、なかなか関わりがあるものではない。だが悲しいことに、織家には心当たりが大いにあるのだった。

◆

大学の最寄り駅から二駅目で下車し、そこから徒歩八分の古い住宅地に立っているのが、織家の住む木造二階建てのアパート『コーポ松風《まつかぜ》』である。

間取りは1Kで、風呂《ふろ》はなくトイレは和式だ。部屋数は一階三部屋、二階三部屋の計六部屋。長方形の二階建てに切妻屋根が載っているだけの、シンプルな造りをしている。

ひび割れたベージュの外壁には蔦《つた》が絡み、二階へ続く北側の屋外階段は錆《さび》ですっかりと赤茶けていた。バルコニーに面した窓が南側を向いているおかげで日当たり良好なところが数少ない取り柄の、築五十年を超えるボロアパートである。

「レトロだな」と、建物を見上げた天木が言葉を選んだような感想を零した。

大学の講義が終わった夕方頃、織家は天木と合流して自身が部屋を借りているコーポ松風まで連れてきた。理由は――ここが事故物件だから。

「それにしても、霊感が強いのに自ら事故物件を借りるとは。何だかんだと言っておきながら、実はオカルト好きだったりするのか？」

「違います！　家賃の関係で仕方なくです。好き好んで事故物件なんて借りませんよ」

横浜で生きていく費用を自分でどうにかしなければならない織家にとって、家賃は可能な限り抑えなければならない。事情を話し、横浜中華街に店を構える個人経営の黒猫《くろねこ》不動産というところで紹介してもらったのが、このコーポ松風だった。学生アパートより遥《はる》かに安い家賃は、織家にとってかなり魅力的だったのだ。

余談だが、担当してくれた空橋《そらはし》という若い男性が中性的なイケメンだったことも、織家がコーポ松風に決めた理由の一端を担っていたりする。もちろん、天木には言わないが。

ちなみに、父の協力は得られなかったので連帯保証人は叔父《おじ》に頼み込んでお願いしている。

「部屋を内見した時は何も見えなかったから、大丈夫だと思って借りたんです」

「つまり、住み始めて以降に何かを目撃したということか？」

何がそんなに嬉《うれ》しいのか、天木の口元は綻《ほころ》んでいる。憧《あこが》れの人がオカルト趣味だったという未《いま》だに上手《うま》く呑み込めていない事実を前に軽い溜息《ためいき》を落としつつ、織家は自身の体験談を語り聞かせた。

「毎晩午前0時頃になると……屋外階段を、誰かが一段だけ上るんです」

その異変に気づいたのは、住み始めて三日目のことだった。

錆《さ》びついた階段の三段目に、よく見ると黒い汚れのようなものがついている。不思議に思って目を近づけてみると、それは――人間の素足の足跡だった。その時はさほど気にしなかったが、翌朝になると三段目の足跡は消えており、代わりに四段目に同じ足跡が移動していた。

このアパートで初めて不可解な現象を認識した時のことを聞かせると、天木は興味深そうに自身の顎《あご》の辺りを擦《さす》った。

「それは、他の住人の足跡ではないのか？」

「今このアパートに住んでいるのは、二階東側の二〇三号室の私と、一階西側の一〇一号室の大家さんだけです。なので、階段を利用するのは二階を借りている私だけのはずなんです」

「なるほど。その足跡がまだ残っているのなら、ぜひ僕にも見せてほしいのだが」

「わかりました」

織家が先導して屋外階段の一段目に足をかけると、ギイと軋《きし》む音がした。一段一段踏み締めるたびに、錆の粉がパラパラと下に落ちていく。階段を上り切った織家が「ここです」と指さしたのは、十五段目の手摺《てすり》際だった。そこには、黒々とした人間の右側の素足の跡が魚拓のようにくっきりと残されている。

「おお、これは凄《すご》い！　霊感のない僕にも見えるぞ！」

天木は興奮気味でスマホを取り出すと、写真を何枚も撮り始めた。街中で人懐っこい猫と遭遇した時のような反応に、織家は思わず眉《まゆ》を顰《ひそ》める。

ひとしきり撮影を終えると、天木は躊躇《ちゅうちょ》なく足跡を人差し指で擦《こす》った。気持ち悪いとは思わないのだろうかと、何も触れていない織家の方が嫌な顔をしてしまう。

天木の指の腹は、木炭に触れた後のように黒くなっていた。高そうなグレーのハンカチで指を拭《ぬぐ》うと、彼は「いい怪現象だ」と評論家のようなことを呟《つぶや》く。

「階段を上るのは午前0時頃と言っていたな。その根拠は？」

「音です。私も足跡がいつ移動するのか気になっていたので、ドアに耳を当てて音を聞いてみたんです。そうしたら、決まって午前0時頃にドアの向こうから嫌な気配がして、屋外階段が軋む音が聞こえることに気づきまして」

「上るのが何者なのか、直接確かめはしなかったのか？」

「そんなこと、怖くてできるわけないじゃないですか」

自ら進んで霊と鉢合わせするなど、織家に言わせれば自殺行為である。しかしながら、怯《おび》えているだけでは解決しないことも事実だった。

「階段は全部で十七段なので、この足跡の主はあと二日で階段を上り切ってしまいます。そうしたら私、一体何をされるんでしょうか……。ああ、やっぱり事故物件なんてやめとけばよかった！」

安らげる場所であるべき家がストレスの温床になっているという嘆かわしい状況に、織家は堪《たま》らず頭を抱えた。

「落ち込んでいるところ悪いのだが、まだ肝心な部分を聞いていないぞ」

肝心な部分とは何か。決まっている。コーポ松風が事故物件と呼ばれる所以《ゆえん》である。

「織家くん。君の部屋では、死人が出ているという認識でいいのか？」

「……いいえ。私の部屋ではなく、この屋外階段から落ちた人が亡くなっています」

部屋で亡くなっていたのなら、いくら安かろうが織家も借りたりはしなかっただろう。

「転落死か。それは事故と考えていいのか？」

「そうみたいです。賃貸契約を結ぶ時に不動産屋の人が教えてくれたんですが、亡くなったのは私の隣の二〇二号室を借りていた若い男性で、今から一年前くらいの出来事らしいです」

「では、階段を上る者の正体はその男性の霊だと考えてよさそうだな」

順当に考えれば、当然そうなるだろう。事故物件に霊が出るとすれば、それはやはり事故で亡くなった人の霊と考えるのが自然である。しかし、このアパートには事故物件であることとは別に、他にも不自然な点が存在した。

どう説明すればいいものか悩みもごもごしていた織家は、「見てもらった方が早いです」と階段を下りる。天木を連れて、そのまま建物の東側へと回った。

「これは……妙だな」

目を見張る天木は、一目でアパートのおかしなところに気づいたようだった。これは何も、彼が建築を生業《なりわい》としているからこそ見抜けたというわけではない。誰がどう見ても、あからさまにおかしいのだ。

コーポ松風は、真上から見れば長方形をしている。しかし、一階部分の東側の角のみが、どういうわけか一部出っ張っているのだ。出っ張りの大きさは、畳半畳ほど。そのスペースもきっちり基礎が回してあり、他の箇所と同じ外壁で施工されている。トタン屋根の高さは、百八十センチはありそうな天木の背と同じくらいだった。

「この謎スペースなんですけど、見ての通り外から入れるドアのようなものはついていませんか」

「ならば、中から使うためのスペースなのだろう。アパートで一室だけ他の部屋にはないスペースがあるというのは、確かに珍しいが。東側の一階に面しているということは……一〇三号室になるな」

「それが、一〇三号室内から見てもこの部分は単なる壁になっているんですよ」

織家の証言に、天木は真っ先に過《よぎ》ったのだろう疑問を尋ねた。

「ん？　君は一〇三号室に入ったことがあるのか？」

「はい。内見の時に、二〇三号室以外も見せてもらったんです」

謎スペースの存在には織家も初見の段階で気づいており、一〇三号室内を見た時におかしいなと感じたので間違いない。つまり、この謎スペースは中からも外からも入れない密室空間となっているのだ。

天木は興味深そうに、謎スペースを繁々と眺めている。

「外壁の劣化具合からして、アパートの新築と同時に造られているようだな。二階の排水管を下ろすパイプスペースにしては広すぎるし……中に何か入っているのか？」

コンコンと、天木が壁をノックする。当然ながら、返事はない。

「特に嫌な気配なんかは感じないんですけど……不気味なんですよね」

「目の前に開かない箱があれば、人はその中身に勝手な想像を膨らませるものだろう」

バラエティ番組の企画で、視聴者にしか中身がわからない箱の中に演者が手を入れて、その反応を楽しむというものがある。触れるまで推測することすらできない演者は、つ

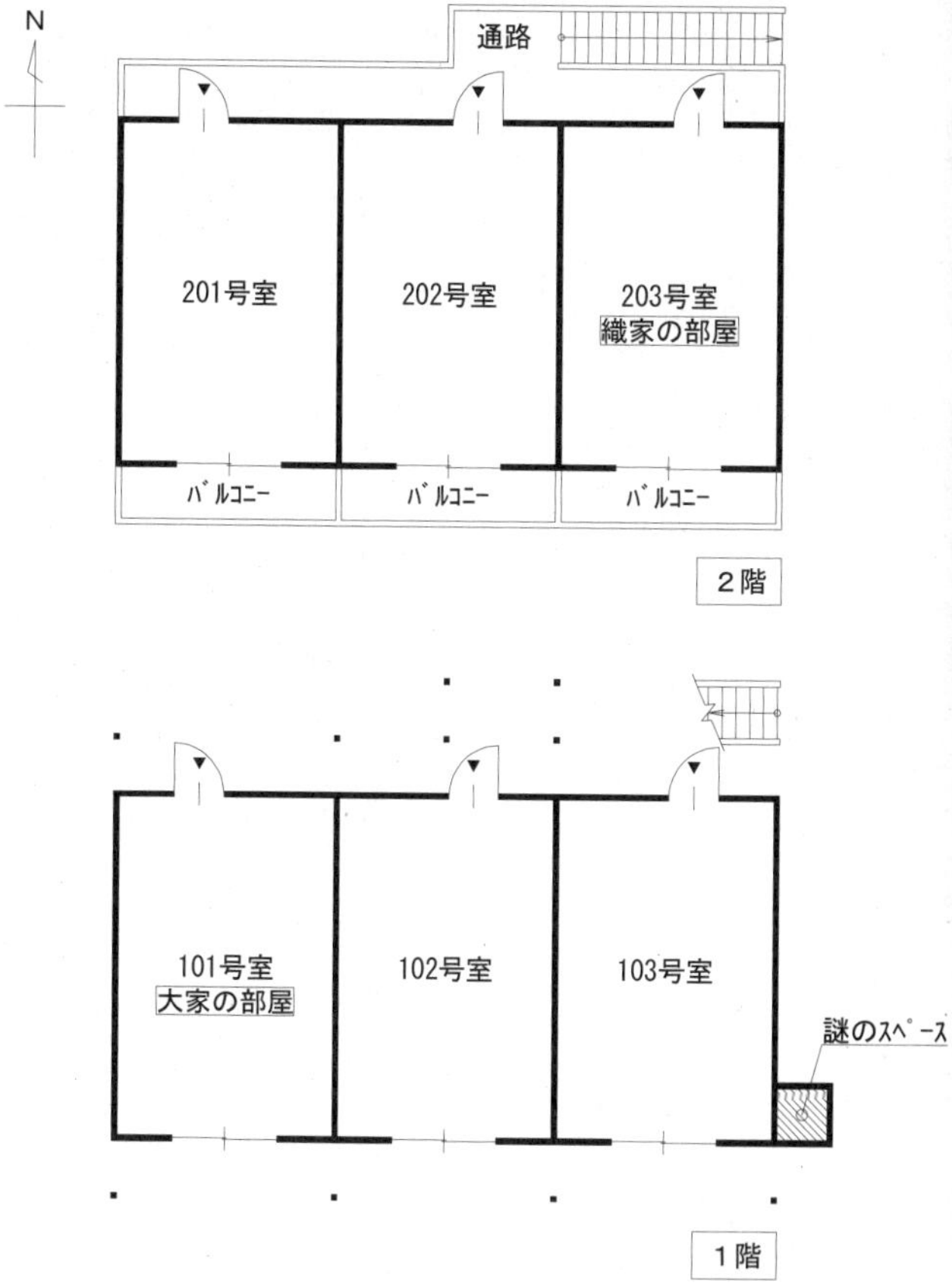
N
通路
201号室
202号室
203号室
織家の部屋
バルコニー
バルコニー
バルコニー
2階
101号室
大家の部屋
102号室
103号室
謎のスペース
1階

コーポ松風

いつい恐ろしい中身を想像してしまい怖がるのがお決まりである。中身を確認できない謎スペースに感じる不気味さも、それに近いものなのかもしれない。

天木が、ここまでの情報を簡潔に纏《まと》める。

「つまり、階段を上がってくる者の正体は階段から転落死した男性ではなく、この謎スペースの中にある何かが絡んでいる可能性も捨てきれないということか。何にせよ、まずは大家さんに話を聞くのが早そうだな」

「そうなんですけど……どうやら、今日は留守みたいでして」

駐車場に大家の車であるスカイブルーの軽自動車はなく、加えて大家は一人暮らしである。一〇一号室を訪ねても、無意味なことは明確だった。天木は残念そうに口をへの字に曲げると「仕方ない。明日《あした》出直すとしよう」と帰宅を仄《ほの》めかす。

「あっ……」

織家は思わず口を開いた。しかし、言葉が出てこない。

正直、天木にまだ帰ってほしくないのだ。空はオレンジ色から紺色へと移り変わりつつあり、やがて夜が——霊の時間が訪れる。

階段は残り二段なので、今夜のところは大丈夫だろう。しかし、ドアを挟んだ向こうにある階段に得体の知れない何かが今夜も出現することに変わりはなく、一人きりというのはやはり怖い。

そんな織家の気持ちを察してか、天木は妙案を思いついたと言わんばかりに人差し指を立てた。

「もしかして、心細いのか？　だったら、僕が君の部屋に泊まるというのはどうだろう？　そうすれば霊の出現に立ち会うこともできるし」

「そんなの、駄目に決まってるじゃないですか」

「いや、確かに僕には何も見えないだろうが、君に見てもらえば解決へのヒントが」

「問題はそこじゃないです！　もういいですから、帰ってください」

オカルトが好きなのは結構だが、それに気を取られてデリカシーに欠けるというのはいただけない。そんな態度に呆《あき》れた織家は、天木の帰宅を促し背中を押した。

「わかった。帰るよ。だが、その前に一ついいか？」

天木は背を押す織家の手から逃れると、アパートの外壁際まで戻った。そこでは、朽ちかけた木製品が息を潜めている。棚が三段階段状に並んでいるので、おそらくは植木鉢などを飾るフラワースタンドなのだろう。その天板を、天木は躊躇《ちゅうちょ》なく毟《むし》り取った。

「少し借りるぞ」

「それ、私の物じゃないです。というか、壊してから言われても……うーん、いいんじゃないですか？」

元々本来の役目を果たせる状態ではなかったのだから、天板があろうとなかろうと同じことだろう。何の権限もない織家の許可を得た天木は、階段を上るとそれを十五段目、つまり足跡のある段の上に横向きで置いた。

「……天木さん、何をしてるんですか？」

「実験だよ。女子トイレのドアを三回ノックすると現れる花子さん然《しか》り、出会い頭に自分は綺麗《きれい》かと尋ねてくる口裂け女然り、一定の法則に縛られている怪異は珍しくない。この場所に出る、なぜか毎晩一段ずつしか階段を上らない霊も同じだ。さて、ここで疑問が生まれる」

天木は大真面目な顔で、自身の足元にある板を指さした。

「この板を置くことにより、十五段目と十六段目の間に新たな段差が生まれた。果たして、霊はこの板を一段としてカウントするのだろうか？　非常に興味がある」

「――ふざけないでください！」

織家は、突発的に天木を怒鳴りつけた。両手を強く握り締め、天木を睨《にら》みつける。

これでは自分は、まるで実験台ではないか。織家は本心で階段に出る霊に怯《おび》えており、成り行きでこうなったとはいえ、天木が本当に解決してくれるかもしれないと少し期待もしていた。しかし、蓋《ふた》を開けてみれば状況はオカルトに興味津々な彼の実験に付き合わされているに過ぎない。

怒鳴られたことにしばし呆然《ぼうぜん》としていた天木だったが、むっとした表情を見せると反論の口火を切った。

「ふざけてなどいない。僕は大真面目だ」

「実験だなんて、面白半分じゃないですか」

「言い方が気に入らないのか？　だが、考えてもみろ。あの板が霊に一段と認識されたのなら、霊が階段を上り切るまでの時間を延ばすことができるんだぞ」

「――あ」

本当だ。天木は、織家の不安を蔑《ないがし》ろにして好奇心だけで行動しているわけではないようだった。目に見えて大人しくなった織家を前に、天木はバツが悪そうに頭を掻《か》く。

「とにかく、一晩様子を見てくれ。明日また来る。念のため、連絡先を交換しておこう」

「あ、はい」

言われるがままに、織家はメッセージアプリのＩＤを交換した。連絡先一覧に、天木悟の名前と初期設定のままのアイコンが追加される。

「何かあったら連絡をくれ。深夜でも構わないからな」

それを別れの言葉に、天木は背を向け歩き始めた。織家は彼の背中を見送りながら、改めて画面上の『天木悟』という名前に目を落とす。

元とはいえ、憧《あこが》れの人の連絡先を手に入れたことを喜ぶべきなのか。それとも、変なオカルトマニアの連絡先を追加されてしまったと落ち込むべきなのか。哀歓を上手《うま》く制御できないまま、織家はスマホをポケットに捻《ね》じ込んだ。

◆

翌朝。織家はドンドンと玄関ドアを叩《たた》く音で目が覚めた。インターホンなどという便利なものはついていないので、来客の知らせはノックで受け取ることになる。もぞもぞと布団から這《は》い出した織家は、耳に違和感を覚える。触れてみたことで、自分が昨晩階段を上る足音を聞きたくないがためにイヤホンをつけたまま眠ってしまったことを思い出した。

身を起こすと、壁に貼ってある昨日の天木の特別講義のポスターが目に止まった。隠された正体を知ってしまった今となっては、にこやかに微笑む印刷された彼にもうときめきは感じない。

剝《は》がしたポスターを丸めて押入れにしまったところで、再びノックの音が聞こえた。時計を見ると、時刻はまだ朝の七時だ。こんなに朝早くから非常識だなと思っていると、三度目となるノックを鳴らされる。

まだ学友も作れていないので、アパートの場所を知っているのは連帯保証人になってくれた叔父《おじ》くらいだ。なので、訪ねてくるとすれば大家か、そうでなければ望んでいない勧誘辺りだろう。

そっと玄関へ歩み寄り、ドアスコープを覗《のぞ》く。すると、そこには天木の姿があった。

「えっ、天木さんっ⁉」

「おはよう織家くん。出てきてくれ」

「ちょっと、今すぐには出られません！」

「昨日ちゃんと『明日また来る』と伝えただろう。なぜ準備していないんだ？」

「こんな朝早くから来るなんて、普通思いませんよ！」

無神経な発言に、織家はドア越しに言い返す。すると天木は、直接顔を合わせることを諦《あきら》めて「では、ドアスコープからこちらを覗いてくれ」と提案してきた。

言われた通りにすると、玄関の向こうに天木が見えた。昨日の講義の時と同様に、身なりはきちんと整えられている。

彼が両手で掲げているのは、木製の板材だった。それは昨日の夕方、彼が階段の十五段目に置いていたものだ。板材には、しっかりと右足の黒い足跡が押しつけられている。

「成功したようだぞ。これで昨晩の分の一段はノーカウントにできたはずだ」

「……そうみたいですね。ありがとうございます」

対抗策の成果は出た。しかし、織家は不安を拭《ぬぐ》いきれない。それはそうだろう。現状は、恐怖を先延ばしにしているだけ。気持ち的には、より高いところから落下するために急勾配《きゅうこうばい》を上るジェットコースターに乗っているようなものだ。

「準備ができたら、一緒に大家さんの話を聞きに行こう。すでにアポは取ってある」

だからこそ、未来で待つ恐怖から途中下車する策を考えなければならない。そのためにも、まずは情報集めだ。織家はドア越しに返事をすると、準備をするため部屋の奥へと引っ込んだ。

◆

コーポ松風の一〇一号室で暮らしている大家の新田《にった》は、六十代半ばの人が良さそうな女性である。髪は一本も残さず白髪になっており、織家を見つけるといつもニコニコと挨拶《あいさつ》してくれる。ふくよかな体形は、痩《や》せているよりも幾分健康的に見えた。

「急なお願いを聞いていただき、ありがとうございます」

新田に礼を述べる天木の顔には、大学で講義中に見せていた人当たりのいい笑顔が輝いている。こうして比べてみると、昨日コーポ松風に来て以降織家に見せている態度や口調とは、ずいぶん異なっていた。織家への態度の方が、天木の素の状態なのだろう。客の前とプライベートでイメージが違うというのは、別段珍しくもないことだ。

「いいのよ。お客さんなんて滅多に来ないから、おばさん張り切っちゃうわ。それにしても、紗奈ちゃんにこんなにかっこいい従兄《いとこ》のお兄さんがいたなんてね」

首を傾げる織家へ、天木は「話を合わせてくれ」と耳打ちした。どうやら、天木がアポを取った際、勝手にそういうことにしたらしい。確かに、オカルト大好きな建築士が調査に来ましたというよりは、従兄が心配で来てくれたという設定の方が新田の信頼を得られそうではある。

「じっ、自慢のお兄ちゃんです」

引き攣《つ》った顔で答えると、天木が隣で若干笑いそうになっていた。

「さあ、狭いけど上がって」

新田に招かれ、織家と天木は玄関で靴を脱ぐ。玄関と繋《つな》がっている狭いキッチンの背面には調理家電類がひしめき合うように並び、襖《ふすま》を一枚隔てた先にある八畳の畳間に入ると、白いローテーブルとテレビと小さな本棚があった。それらが、織家の目にはどうにも浮いて見える。

「家財道具が、どれも新しいですね」

淹《い》れたお茶を運んできた新田へ天木が発した一言で、織家も違和感の正体に気づく。古い内装に見合わない新品のものばかりだから、ミスマッチに見えていたのだ。三人分の湯呑《ゆのみ》を下ろしたお盆を胸に抱えて、新田は「そうなのよ」と少し自慢げに話し始めた。

「私、元々は紗奈ちゃんが使ってくれている二〇三号室に住んでいたの。でも膝《ひざ》を悪くしちゃってからは階段の上り下りが辛《つら》くてね。あんなことがあって以降は入居者も減る一方だし、引っ越し資金もかかるならもういっそ家財道具一式をそのまま残した状態で貸し出そうって思ったのよ。その方が助かる入居者も、絶対にいるだろうから」

織家がコーポ松風を選んだ理由の一つが、まさにそれである。他人が長年使っていたものを嫌がる人もいるだろうが、織家的には新生活の準備資金を少しでも浮かすことができるのなら万々歳だった。

「おかげで助かってます」

「いいのよ。でも、あの西洋箪笥《だんす》は大事に使ってね。お気に入りだから」

織家の部屋に残されている家具類の大半は二束三文の値もつかないものだが、新田の言う西洋箪笥だけは他とは異なっていた。長い月日をかけて馴染《なじ》んだ美しい飴色《あめいろ》をしており、五つ縦に並んだ引き出しにはそれぞれ凝った装飾の引手がついている。足元は、湾曲したデザインが愛らしい猫脚となっていた。

「前から言ってますけど、あの箪笥だけでも持っていかれませんか？　この部屋にも置くスペースがありそうですし」

人のお気に入りの品が部屋にあるというのは、借り物を返しそびれているような気分になりどうにも落ち着かない。織家の申し出に、新田は困ったような笑みを張りつける。

「あの箪笥、とても重たいのよ。最低でも二人分の男手は必要だけど、そんな当てもないしね。私に息子でもいたら話は別なんだけど」

新田は独身であると織家は聞いている。独身だからこそ、住まいはワンルームであるこのアパートの一室で十分なのだろう。

「まあ、箪笥なんか下ろそうとしたら、先に錆《さ》びた階段が抜け落ちそうだけどね」

冗談のつもりなのだろう。新田は自分で言って笑っているが、毎日階段を利用する二階の住人である織家にとってはあまり笑える冗談ではなかった。

そして、話は本題へと移る。

「紗奈が困っている件を、単刀直入にお話しします」

従兄という設定上やむなくであることは理解しつつも、天木による不意の呼び捨てに織家の心臓が跳ねる。それを右手で抑え込みながら、黙って天木の話に耳を傾けた。

とうとうと、天木は織家が現在体験している怪現象について新田に話した。織家は今まで、新田にこのことを打ち明けることができずにいた。それは霊の存在を主張しても信じてもらえない経験が理由でもあるが、何より新田にとっての収入源であるコーポ松風を悪く言うような形になってしまうことが憚《はばか》られたのだ。

話を聞き終えると、新田は案の定深い溜息《ためいき》を湯呑の中に落とした。

「……やっぱり、まだ出るのね」

発言から察するに、新田は階段に霊が出現することを知っている様子だった。織家は身を乗り出して尋ねる。

「大家さんは、あの階段で何か見たことがあるんですか？」

「……半年くらい前に、紗奈ちゃんの部屋には荒木《あらき》くんっていう別の入居者がいた時期があったの。私はその霊を見たことはないんだけど、退居前に彼から聞いた話は、紗奈ちゃんの体験している内容とほとんど同じだったわ。その後も同じ部屋に何人か入居したけど、ひと月もすれば皆出ていってしまうのよね」

つまり、足跡の主は少なくとも半年前から出現しているということになる。次いで、天木が質問した。

「新田さんは、二階の二〇二号室の男性が亡くなった時はこのアパートにいましたか？」

「ああ……久米川くんのことね」

新田は、記憶を遡《さかのぼ》るように眉間《みけん》の辺りを指先で摘《つ》まんだ。

「ええと……そうね。あの時はまだ二〇三号室に住んでいたの。夜中に雷でも落ちたような凄《すご》い音がしたから飛び出していったら、階段の下で久米川くんが倒れていたのよ。あの日は雨も降っていたから、多分足を滑らせたのね。片足が変な方向に折れ曲がってるうえにピクリとも動かなかったから、即死だったと思うわ。その後は警察や救急車が来て、大騒ぎになったっけ」

「その久米川さんという方は、どんな人でしたか？」

「普通の若い男の子よ。ひょろっと痩せてて、大きめの眼鏡をかけてた。若手のアニメーターで、いつも日を跨《また》ぐような時間に帰って来てたわね。うちのアパートを借りるくらいだから、やっぱりお金に余裕がないみたいで、家賃を待ってくれと言われたのも一度や二度じゃなかったのは覚えてるわ。まさか、あんなに呆気《あっけ》なく亡くなってしまうなんて……」

新田が湯呑を持つ手は、微《かす》かに震えていた。織家が視線を新田の顔に移すと、唇は何か言葉を発しようとしているが、言いにくいことなのか、なかなか言葉が出てこない様子だった。

「久米川さんの事故に、何か心当たりでも？」

怯《おび》えた様子の新田へ、天木が直球の質問を投げつける。新田は深く息を吐き、どうにか落ち着きを取り戻していた。

「そんな訊《き》き方して……あなたたちも、アパートの東側にある謎の空間が怪しいとは思っているんでしょう？」

後々問うつもりだった謎スペースについての話題が、新田の方から飛び出した。

「コーポ松風は、亡くなった私の父が建てたのよ。あの空間は、新築当時からあったわ。私もあの空間が気になって何度か父に尋ねたのだけれど、はぐらかされるばかりだった。でも、一度だけ酒に酔った父が口を滑らせたことがあったの」

新田は一呼吸置き、告げる。

「あの中にはね——無縁墓《むえんぼ》があるんだって」

墓とは、その家系に代々引き継がれていくものである。では、跡継ぎがいなくなった墓はどうなるのか。当然誰にも管理されず、荒れ果てていく一方となる。無縁墓とは、その名の通り縁の無くなった墓のことを指す。

今でこそ墓は基本的に寺などが管理する墓地に立てられるのが一般的だが、古い墓は街中の片隅に今でもこっそり残っていたりする。

「父がアパートを建てるためにこの土地を買った後で、伸びきった雑草の中から無縁墓を見つけたらしいの。でも、掘り返したところで親族が見つかるわけもないし、埋葬費用で不動産屋と揉《も》めることになってしまう。何より、掘り返して人骨が出てきた場合、そのマイナスなイメージが周囲に知られることが嫌だったんでしょうね。人の死が絡んだアパートが嫌厭されることは、私も身に染みてわかっているから」

事故物件のレッテルを貼られたアパートの大家である新田は、悲しそうに眉を垂れつつも話を続けた。

「父としてはアパートは絶対に建てたいけど、敷地内に墓があるのは嫌でしょ？　かといって、墓石だけを処分してしまうのも憚られた。その結果が、あの謎の出っ張りらしいのよ」

つまり、新田の父は無縁墓に一切手をつけなかった。建物の位置を調整して、墓石の四方を最小限に囲い込む形でアパートを建築し、無縁墓の存在を隠したのだ。

「では、久米川さんの死も、荒木さんや紗奈が体験した階段の心霊現象も、全ては謎スペースに潜む無縁仏の仕業だと？」

「私が勝手にそう思っているだけよ。本当はあの空間を解体して掘り出し、きちんと埋葬してあげるべきなんだけど、年金とほぼゼロの家賃収入で暮らしてる私にそんな余裕はなくてねぇ。それに、無縁墓の話自体が父の作り話の可能性だって捨てきれないから」

わざわざお金をかけて解体しても、何も出てこないかもしれない。気が進まないのも納得できる理由だった。

天木は少し考える素振りを見せると、顔を上げて新田に打診する。

「謎スペースが隣接している一〇三号室を見せてもらうことはできますか？」

その申し出を、新田は快く了承してくれた。

◆

家財道具付きのサービスはあくまで元々新田が住んでいた二〇三号室だけなので、開けてもらった一〇三号室は当然ながらもぬけの殻だった。掃除はこまめに行っているようで、埃《ほこり》が溜《た》まっているようなことはない。

天木がまっすぐ目指したのは、八畳間の角。つまりは、謎スペースが隣接している部分である。しかし、内見していた織家が事前に伝えた通り、そこはひび割れた砂壁で一面を塞《ふさ》がれているだけであり、扉などは設けられていない。

「内からも外からも、中を見るのは無理よ」と、天木の後ろから新田が諦《あきら》めを含む声をかけた。壁に手を添えていた天木は、不意に何か思いついた様子で人差し指を足元の畳へ向ける。

「では、床下から覗《のぞ》くのはどうでしょうか？」

天木の提案に、それなら中が見えるかもしれないと織家は瞳《ひとみ》を大きくする。しかし、新田はすぐに首を横に振った。

「実は、前にこの部屋のキッチンが水漏れを起こした時に、水道業者の人に床下へ潜ってもらったことがあったの。その時に事情を話して確認してもらったんだけど、謎の空間は基礎もしっかりと仕切られていて、中は一切見えないって言われたわ」

つまり、壁のみならず基礎も四方をぐるりと囲まれているということ。無縁墓を単に床下に隠してしまうのではなく、わざわざ別空間を作って切り離したのは、修理や点検で業者が床下に潜ることで発覚しないようにするためだったのだろうか。新田の父は、無縁墓の存在を徹底的に隠したかったらしい。

完全な密室ということならば、中を確認する方法は一つしかない。

「新田さん。壁を少し壊してもいいですか？」

天木は躊躇《ちゅうちょ》することなく、何なら笑顔まで添えて新田に尋ねた。そのあまりにストレートな提案に、新田は笑いながら「修理代を払ってくれるなら構わないわよ」と答える。すると、天木は胸ポケットから銀色に輝くボールペンを取り出し、逆手に握り込んだそれを思いきり振り上げた。ドンという音と共に、ペンが内壁に深く突き刺さる。

「ちっ、ちょっと、お兄ちゃん!?」と、織家が慌てて声を上げた。

「これはタクティカルペンと言ってね。高強度でできているんだ。災害などで車の中に閉じ込められた時はガラスを割り脱出するのに使えるし、いざという時には武器にもなる」

「誰もそんなこと訊いてないってば！」

織家は恐々といった様子で、新田の方を見た。彼女はポカンと口を開けたまま固まってしまっている。まさか本当に壊すとは夢にも思っていなかったのだろう。しかしながら、冗談のつもりであっても破壊の許可を出したのは自分なので、何も言えないといった様子で険しいながらもどうにか笑顔を作っていた。

　刺しては抜いてを繰り返した天木は、壁に直径十センチほどの穴を空ける。ペンを胸ポケットに戻すと、彼は代わりにスマホを取り出した。それを穴の中へ入れて、フラッシュを焚《た》き謎スペースの内部を撮影する。

　穴から引き出したスマホの画面を、織家と新田が両側から覗き込む。そこには——確かに、四角い石のようなものが写し出されていた。

　写真なので正確なサイズは測りかねるが、大きくてもせいぜい二リットルのペットボトルくらいだろうか。現代の墓石と比べると、ずいぶんと小さい。形は歪《いびつ》ではあるが、四角形に削り出されている。墓石以外でこれに当て嵌《はま》るものは、少なくとも織家の頭の中には何も思い浮かばない。

「……父は、本当のことを言っていたのね」

　ポツリとそう零《こぼ》した新田は、複雑な表情でしばらくの間天木のスマホの画面を見つめていた。

◆

　翌日。

　午前中の大学の講義を終えた織家は、横浜駅に降り立っていた。理由は、天木に呼び出されたからである。向かう先は、天木の設計事務所。メッセージアプリには、丁寧にも地図データが添付されていた。

織家が普段生活している大学圏内はそうでもないが、横浜駅前ともなれば大都会である。高いビル群がひしめき合うように並び立ち、ついつい見上げてしまう田舎者丸出しな癖は未《いま》だ抜けない。

事務所を目指しながら、織家が考えるのはやはり階段に現れる霊のこと。昨晩も足跡はしっかりと一段上がっており、十六段目に到達していた。上り切るまで、あと一段。いざとなればまた板を置くことで時間稼ぎはできるかもしれないが、それにも限界がある。もう時間は残されていない。

逸《はや》る気持ちのせいもあってか、織家は事務所までなかなか辿《たど》り着くことができないでいた。

「うーん……おかしいな」

スマホの地図を見下ろしながら、一人首を捻《ひね》る。

天木の事務所までは、横浜駅から徒歩七分と表示されている。しかし、かれこれ二十分はこの辺りをうろうろと彷徨《さまよ》っていた。というのも、目的地周辺まで来たのにそれらしき場所がどうしても見つからないのだ。

近辺のビルには全て足を運んだのだが、ビルのフロアマップのどの階層にも『天木建築設計』の文字はない。会社として営業している以上、名前を伏せているなんてことはないだろう。

　天木が住所を間違えたのか。それとも、マップの方の不具合なのだろうか。天木に連絡を取ろうかと考えたところで、織家は人一人がやっと通れそうなビルとビルの隙間の向こうに建物を見つける。

　吸い寄せられるようにそこを通り抜けると、ビルに囲まれるようにして立つ二階建ての家屋が現れた。

　焼杉の黒い外壁に、屋根の骨組みの茶色がいいアクセントになっている。窓は真新しく、丸や三角形など洒落《しゃれ》たデザインのものがポイントで使われていた。屋根の和瓦《わがわら》からは築年数を感じるので、古いものを改装した建物なのだろう。隣地との境界は竹の塀で仕切られており、数本だけ植えられた細木の緑色が外壁の黒によく映えていた。

「お洒落な建物……カフェとかかな？」

　織家は竹の塀に固定されている小さな木の表札を見る。すると、そこには『天木建築設計』と探し求めていた社名が彫り込まれていた。

◆

「遅かったな」

「どこかのビルの中だとばかり思ってましたよ……わかりにくすぎます」

椅子に腰かけて悠々とコーヒーを啜《すす》りながら出迎えた天木に、織家は開口一番文句を言い放った。

「日当たりの悪さとビル風が難点だが、隠れ家のようで素敵だと評判はいいんだぞ？」

織家もここを見つけた時は不覚にもワクワクしてしまったので、これ以上の反論はぐっと呑《の》み込んだ。靴を脱ぎ来客用スリッパに履き替え、改めて事務所全体を見渡す。

建物の内装は、外観とは真逆の白で統一されていた。シンプルながらもお洒落に見えるのは、彩度の高い赤や青などをメインとしたインテリアのセンスなのだろう。広々と使うために元々あった間仕切り壁は大胆に取り払ったらしく、一階がほぼ丸々一室と化している。補強のために入れたと思《おぼ》しき新しい梁《はり》や、柱間に材木を斜めに入れた耐力壁が、剝《む》き出しの状態で要所ごとに見受けられた。

「従業員さんはいないんですか？」

辺りを見渡しながら、織家が問う。現場に出ているのだろうか。

「今は僕一人でやっている」

この『今は』という言い方が織家には引っかかった。つまり、以前は誰か他の社員がいたということになる。単なる転職なのか気になるが、詮索《せんさく》するような真似はしなかった。

「天木さんって、ここの二階に住んでいるんですか？」

「いや、ここはあくまで職場だ」

ならば、二階には何があるのだろう。仕事のスペースも、資料などの置き場も、一階だけで十分賄える広さがある。物置辺りが無難だろうか。

「気になるなら、好きに見てくるといい」

階段を見上げていた織家の思考を読み取り、天木が許可を出す。織家は好奇心に動かされるまま、手摺《てすり》を摑《つか》み二階へと上った。

二階には三部屋あり、うち一つのドアをそっと開けてみる。埃《ほこり》っぽい空気を漂わせる薄暗い室内には、壁面のほぼ全てに本棚が並べられていた。どの棚にも、書物がびっちりと収められている。

部屋に足を踏み入れて背表紙に目を通していくと『呪い』や『妖怪《ようかい》』、『怪異』や『幽霊』などといった単語がよく目についた。つまりは、全てオカルト関係の書物なのである。

少し怖くなり後ろに下がると、テーブルに腰をぶつけた。振り返ると、その上には釘《くぎ》の刺さった藁人形《わらにんぎょう》や片腕のない日本人形、血のようなものが染みついたお札や謎の仏像など、呪物《じゅぶつ》めいたものが乱雑に積まれている。

「〜〜ッ！」

声にならない悲鳴を上げて、織家は逃げるように階段を駆け下りた。

「どうだ。凄《すご》かっただろう」と、なぜか自慢げな天木。

「凄かったです」と、織家は引き気味で答える。両者の言う『凄い』の意味は、全く嚙《か》み合っていない。

今になって、織家は従業員が辞めた理由を何となく察した。真上にあんな部屋があったとなっては、働く気が失《う》せてもおかしくはないだろう。

鳥肌を落ち着けるように服の上から二の腕を撫《な》でている時、事務所のインターホンが来客を告げた。

◆

応接スペースに置かれた赤い革張りの三人掛けソファーに座っているのは、若い男性。短い金髪で、顔は強面《こわもて》だ。服装も金色がちりばめられた派手なデザインのジャージで、チンピラのような印象を織家は受けた。

彼は荒木と名乗った。織家が現在住んでいるコーポ松風の二〇三号室に、約半年前に入居していた人物である。今日織家が呼び出されたのは、荒木と連絡がつき直接話を聞けることになったからだ。

キョロキョロと事務所内を見渡している荒木は、どうにも落ち着かない様子である。

「それにしても、よく見つけられましたね」

給仕スペースで荒木に出す茶菓子の用意を手伝いながら、織家は隣でコーヒーを白いカップに注いでいる天木に小声で話しかけた。

「コーポ松風が仲介を委託している黒猫不動産を経営している空橋とは、昔馴染《むかしなじ》みでね。織家くんも、会ったことがあるだろう？」

もちろん、担当してもらったので面識はあった。

「経営ってことは、空橋さんがあの不動産屋の社長なんですね。あんなに若いのに」

「あいつの見た目は詐欺のようなものだ。僕と同い年で、今年三十二になる」

そう語る天木も三十二歳には見えないので、織家に言わせればどちらも詐欺のようなものだった。

「ともかく、空橋に契約時の電話番号を探してもらい、連絡を取ることができたんだ」

「でも、よく来てくれましたね」

「まあ、お礼は渡すことになっているからな」

なるほどと納得するのと同時に、金銭の話題が出たことで織家は自分のアパートの怪現象解決に天木が無償で動いてくれていることを思い出す。

「……一応言っておきますけど、私はお金持ってないですよ？」

「苦学生から金を毟《むし》り取るほど、生活には困っていない」

棘《とげ》のある言い方だったが、織家にとってはありがたい言葉に変わりはなかった。そもそも、これは天木が自身の事故物件解決能力を証明するために自主的に手を出したことなのだから、織家が後ろめたさを感じる必要はないのかもしれない。

三人分のコーヒーと茶菓子をお盆に載せて、二人は荒木の下へ向かった。

荒木の対面に置かれた同じ赤色の一人掛けソファーにそれぞれ座り、天木が茶封筒をガラス天板のローテーブルの上に差し出す。すると荒木は、それをちらりと見て「あんまり思い出したくねーんだけどさ」と前置きしてから話し始めた。

荒木が二〇三号室を借りていたのは、半年ほど前。期間は一か月間ほどだった。屋外階段で人が亡くなっていることは説明されたが、織家と同様に家賃の安さと家材道具付きに惹《ひ》かれて契約したそうだ。

異変に気づいたのは、五日目のこと。外階段に、黒い右足の足跡がついているのだ。織家が現在経験している怪現象と同じく、それは毎晩一段ずつ階段を上ってくる。怖くないと言えば嘘になるが、あまりにもはっきりとした足跡だったので、荒木は質《たち》の悪い悪戯《いたずら》だと思っていたそうだ。

そして、足跡が階段を上り切る日の夜。ついにそれは現れた。

妙な息苦しさを感じて目を覚ますと、体はピクリとも動かない。人生初の金縛りに戸惑っていると、誰かが部屋に入ってきた気配を感じた。その何者かは、一歩一歩をゆっくりと踏み締めながら距離を詰めてくる。叫びたくても、喉《のど》が縫い合わされてしまったかのように声が出ない。

ついに、それは荒木の枕元までやって来た。黒い人形《ひとがた》のシルエットが、項垂《うなだ》れるようにして彼の顔を覗《のぞ》き込む。

「顔は……わからなかった。黒い靄《もや》みたいになっていたんだ。でも、目だけはしっかり見えたんだよ。あいつの目玉には小さなガラス片がいくつも刺さっていて、そこからボタボタと血の涙を流していた」

　語る荒木は、震えを誤魔化すように拳《こぶし》を強く握っていた。

　そのグロテスクな目を見た荒木は、途端に喉の硬直が解けて悲鳴を上げたそうだ。霊は怯《ひる》んだりなどしなかったが、ゆっくりと頭を起こすと「違う」とだけ言い残して消えてしまったのだという。当然その日以降アパートに戻る気にはなれず、契約から僅《わず》かひと月で退居する流れとなった。

「俺の話は以上だ」

「ありがとう。参考になったよ」

　天木の礼を仕事の完遂と受け取り、荒木はテーブルの上の茶封筒を乱暴に摑むとそそくさと事務所を出ていった。

　二人きりに戻った事務所内で、荒木の話を頭の中で纏《まと》めていた織家は、ふと疑問に思う。霊の残した『違う』という言葉は、一体どういう意味なのだろう。霊は、誰かを探しているのだろうか。

「さて」不意に、天木が手をパチンと叩《たた》く。「実は、君に見せたいものがある」

　ソファーから立ち上がった天木が自身の仕事用のデスクから持ってきたのは、A3サイズの紙。そこには、地図のようなものが描かれている。

「これは？」

「公図《こうず》だ。わかりやすく言えば、土地だけの地図といったところか。書いてある数字は住所ではなく、土地に与えられる地番と呼ばれるものだ」

初めて見るそれを、織家は繁々と眺める。

「それで、これがどうしたんですか？」

「それは古い公図で、コーポ松風が立つ前の状態の土地が載っている。ちょうどこの辺りだ」

天木が指先で示した辺りを見て、織家は眉根《まゆね》を寄せた。

「なんか……土地が狭くないですか？」

公図の縮尺はわからないが、面する道路の道幅と比べることで敷地が明らかに狭いことは織家でも見て取ることができた。天木は「その通り」と満足そうに頷《うなず》く。

「いいか織家くん。コーポ松風の土地は、元々四筆《よんひっ》だった土地を一筆《いっぴつ》に合筆《がっぴつ》した土地だったんだ」

天木の言う『筆』とは、土地を数える単位である。そして、合筆とは複数の土地を合わせて一筆に纏めることを指す。

「えっと……つまり、どういうことでしょうか？」

「これを公図に重ねてみればわかる」

そう言って天木が織家に差し出したのは、コーポ松風を真上から写した衛星写真だった。縮尺を公図に合わせて印刷したものらしく、重ねて照明に掲げると公図の外周の線がピタリと敷地に重なり合う。

そして、合筆前の四筆の土地が交わる十字の中心は――謎スペースのある部分と一致していた。

天木は、自身の導き出した結論を述べる。

「謎スペースの中身は、無縁仏の墓石ではない。あの石は、ただの古い境界杭だ」

境界杭《きょうかいぐい》とは、敷地の分かれ目に打ちつけられる目印のことである。現在では金属製の一目でそれとわかるものが主流となっているが、古い住宅地などではそもそも境界杭がないなんてことも珍しくはない。あったとしても、杭の形は様々だ。

十字や矢印が頭に彫り込まれたコンクリート杭に、頭の赤いプラスチック杭。大正から戦後にかけては、御影石などがよく使われていた。無縁墓の正体も、このバリエーション豊かな杭のうちの一つだろうと天木は説明する。

「アパートを建てる時に、誰も気づかなかったんですか？」

「見た目はただの石だからな。建築業者がわざわざ合筆前の状態まで調べる必要はないし、ただの石だろうと思っても迂闊《うかつ》なことは言えなかったのかもしれない。結局は、掘ってみなければわからないのだから。そして、万が一そこから何か出てきてしまえば、見て見ぬふりはできなくなってしまう」

天木の結論に、織家は異論を唱えない。最初から織家の霊感は、あの謎スペースに何も反応していなかったのだから。怪しいと思っておいて何だが、無縁墓でしたという結論を出されるよりも、違っていたと示される方が織家としてはすんなりと受け入れることができた。

「霊の正体は、これで決まったな」

天木の言う通りだ。無縁墓の説が消えた今、階段に現れる霊の正体は一人に絞られる。そこで転落死した、久米川である。

「天木さん。久米川さんの霊は今夜で階段を上り切ってしまいます。私は一体どうすれば……」

今し方聞いたばかりである荒木の体験談が、織家の頭の中に蘇《よみがえ》る。顔を覗き込む、無数のガラス片が突き刺さった目――想像するだけで、全身に悪寒が走る。

階段に板を置く策を再び使うこともできる。もしくは、今夜はいっそ家を空けるという手もあるだろう。

しかし、それは結局問題を先延ばしにするだけで、何の解決にも結びつかない。とはいえ、コーポ松風を出て新しい家を探すほどの金銭的余裕など織家にはなかった。

「心配するな、織家くん」

一人悩んでいる織家へ、天木は声をかける。

「策は纏まった。今夜でケリをつけよう」

その力強い言葉に、織家は冷え切った全身の血液が温かさを取り戻していくような気がした。オカルト好きの変わり者で、織家が思い描いていた人物像とは異なってこそいたが——天木はきっと、悪い人ではないのだろう。
織家は伏せていた頭を起こすと、決意を固めた眼差《まなざ》しで「わかりました」と頷いた。

◆

そして、決戦の夜が訪れる。

織家の下へ天木から『これから向かう』と連絡が入ったのは、午後十一時頃のこと。部屋に招き入れることになるだろうと思い、織家は前もって入念に掃除をしていた。だが、いざ天木が来るとなるとそわそわして落ち着かず、もう一度掃除機をかけ直し始める。

他の住人が二〇三号室から一番離れた一〇一号室の新田だけなので、夜中でも気兼ねなく掃除機をかけたり洗濯機を回したりできるのは、ここに住む数少ない利点の一つだった。

敷居の溝に見つけた埃《ほこり》がなかなか吸い出せず格闘している時——不意に、視線を感じる。反射的に振り返ると、玄関には一人の女性が立っていた。

「……なんだ、お母さんか。びっくりさせないでよ、もう」

音もなく現れた織家の母は、何を言うでもなくただそこに立ち、微笑みかけているだけ。近づいて手を伸ばすと、予想に反せず織家の手は空しく空を切った。

織家の家は、父子家庭である。母を失った十歳の頃から、織家には時折母の霊が見えることがあった。霊感を持っていてよかったと思える唯一の点は、こうしてたまに母と会えることだった。霊とはいえ会うことができるからこそ、織家は生身の母に会えずともどうにか前向きに今日まで生き抜くことができたのだ。

母はウェーブのかかった髪を纏めて左肩から前に垂らし、ボーダーのシャツに濃い緑色のロングスカートを合わせていた。現れるたびに着ている服が異なるが、霊になってもお洒落《しゃれ》はできるものなのか。そんなことは、実際に亡くなってみなければわからないのだろう。

「お母さん、心配して出てきてくれたの？」

織家は母を、自身の守護霊なのだと勝手に解釈している。とはいっても、織家の霊関係のトラブルを母が跳ねのけてくれたというようなことは一度もない。彼女は不意に現れ、微笑みかけ、消えていくだけ。話しかけても、意思疎通はできない。

それでも、織家にとって毎回急に訪れる母との束の間の時はとても嬉《うれ》しいものだった。

「大丈夫だよ、お母さん。今から、天木さんって人が来てくれるから。実際に会って話してみると何か思ってた人と全然違ったけど、悪い人じゃないと思うから」

「それはどうも」

返事をしたのは、母ではない。母の透ける体の向こうにある、玄関ドアの外からだ。

その後、ノックもなしにドアが開かれ、それに合わせるようにして母の霊は煙のように姿を消してしまった。

「……勝手に開けないでくださいよ、天木さん」

「すまない。だが、女性の一人暮らしなのだから、きちんと鍵《かぎ》はかけておくべきだぞ」

玄関に足を踏み入れると、天木は金属の軋《きし》む嫌な音のするドアを閉じた。

「ところで、君は一体誰と話していたんだ？」

織家の手にスマホは握られていないので、電話でないことは明白だ。疑問に思うのは当然だろう。霊感持ちであることを知られている天木になら、別に隠す必要もない。

「ついさっきまで、ここに母が立っていたんです。私、十歳の頃に母親を失っているんですよ。その頃から、たまに母の霊が見えることがあるんです」

「それは、家族水入らずのタイミングで邪魔をしてしまったな」

霊と話していたなんて、天木以外に言えば失笑されることだろう。今まで隠してきたからこそ、誰かに霊の話をすんなり受け入れてもらえるのは新鮮であり、どうにもこそばゆく感じてしまう。

「さて、時間がないな」

天木は自身の左手首に巻いている高そうな腕時計に目を落とす。時刻は、午後十一時半を過ぎていた。久米川の霊が現れるまで、あと約三十分。

「作戦を実行に移すぞ。上手《うま》くいけば、全て丸く収まるはずだ」

◆

「夜分にすみません、新田さん。西洋箪笥《だんす》の取っ手が取れちゃいました！」

織家が電話で新田にそう伝えると、僅《わず》か数十秒後にはパジャマ姿の彼女が織家の部屋を訪れた。しかし、ドアを開けた織家の背後に見える西洋箪笥に破損は見受けられない。

「……ちょっと、どういうこと？　悪戯《いたずら》にしたって酷《ひど》いんじゃないの、紗奈ちゃん」

「すみません。でも、二階まで上がってきてもらうのに、他にいい方法が思いつかなかったんです」

はっとなった新田は、織家の部屋の壁掛け時計を覗《のぞ》き見る。時刻は、十一時五十分を過ぎた辺り。玄関を出て慌てて階段を下りようとする新田の前に、屋外階段を上ってきた天木が立ち塞《ふさ》がった。

「……退《ど》いてくれる？　お兄さん。こんな恰好《かっこう》じゃあ、風邪引いちゃうから」

「その前に、いくつか質問をさせてください。すぐ済みますので」

天木は、有無を言わさず新田に問いかける。

「新田さんは、久米川さんが亡くなった後で二階から一階に引っ越したんですよね？」

「そうよ」

「具体的に言えば、二〇三号室から最も離れた一〇一号室に引っ越したわけですよね？」

「ええ。膝《ひざ》が痛くてね。部屋は別に一階ならどこでもよかったんだけど」

「その割には、先程軽快に階段を駆け上がっていたようですが」

痛いところを突かれ、新田が押し黙る。天木は「まあ、それは一旦《いったん》置いておいて」と話を進めた。

「新田さんは、初めから気づいていたんじゃないですか？　階段に現れる霊の正体が無縁墓など関係なく、久米川さんで間違いないことに」

天木の指摘に、新田の目が僅かに泳いだのを織家は見逃さなかった。

「無縁墓があるかもしれないというのは、実際に抱えていた不安だったのでしょう。現に、おかしな空間が建設されているわけですからね。屋外階段に久米川さんの霊が出るようになって以降、その話題が上がるとあなたは謎スペースの無縁墓の話を隠れ蓑《みの》にするようになった」

「隠れ蓑？　私が何のために？」

「例えば、久米川さんの死について詳しく調べられると、まずいことがあるからとかですかね？」

天木の挑発とも取れる言動に、かろうじて笑顔を保っていた新田の表情が崩れ始める。

「謎スペースの石は、墓石ではない。調べた結果、単なる古い境界杭《きょうかいぐい》でした。となれば、階段の霊は久米川さんで確定する。その証拠の一つが、足跡です」

「足跡？」と、織家が疑問を吐露する。

「ああ。思い返してみてくれ。階段についていた足跡は、全て右足だけだっただろう」

言われて、織家は新田の話を思い出す。階段から落ちた久米川の片足は、あらぬ方向に捻《ね》じ曲がっていたと。足跡が右足だけなのは、彼が右足しか使えない状態であるから。

毎晩一段しか上がらないのは、負傷した体ではそれが精一杯だからではないだろうか。

もっとも、霊体に生前のダメージが蓄積するのかは知りようのない部分ではあるが。

出現時刻が午前0時頃なのも、その辺りが死亡時刻だからだと推測できる。久米川は毎日日を跨《また》ぐような時間帯に帰ってきていたと新田は言っていたので、辻褄《つじつま》も合う。

「新田さん。あなたが階段から一番離れた位置にある一〇一号室に引っ越したのは、膝が痛いからではない。あなたは階段の霊が久米川さんだといち早く察したから、逃げ出したのではないですか？」

それまで静かに聞いていた新田は、ふーっと長い息を吐くと諦《あきら》めたような様子で口を開いた。

「……確かに、お兄さんの言う通り。私も階段の足跡が怖くて、上り切る前に逃げ出したわ。家財道具を回収せず置いたままにしたのは、早いうちに入居者を見つけたかったからよ。二階に人がいれば、久米川くんの霊はそっちに惹《ひ》きつけられると思ったからね」

思えば、新田は謎スペースを調べるのを解体費や修繕費を理由に拒んだりなど、金銭面にあまり余裕がない様子だった。新たに家財道具を揃え直すより、引っ越し業者に二階から運んでもらう方が費用は格段に安いはず。それなのに二〇三号室に一切を置いたままにしたのは、それを入居の特典にして織家のような借り手を誘い出し、霊の気を向けさせるためだったのだ。

「そんな……酷い」

自分が囮《おとり》にされていたことを知った織家は、ぽつりとそう零す。そんな彼女を、新田はきっと睨《にら》みつけた。

「酷い？　紗奈ちゃんは事故物件だってことを承知で借りたんでしょ？　家賃も馬鹿みたいに安いんだから、デメリットはあって当然じゃない。自分だけ被害者面しないでくれる？　私だって、被害者なんだから！」

事故物件は、入居者などが起こした事故や事件によりその価値を大幅に下げられてしまう。久米川の事故死により不動産が大幅に価値を失っている以上、新田の自分が被害者だという言い分も間違ってはいないのだろう。

何も言い返せない織家に代わり、天木が口を開く。

「実は今日の日中、僕たちは二〇三号室の前の住人の荒木さんから話を聞いてきました。彼のところに現れた久米川さんの霊の目には、無数のガラス片が刺さっていたそうです」

「ガラス片？」と、新田が眉根《まゆね》を寄せる。

「おそらくは、久米川さんの眼鏡の破片でしょう。眼鏡のレンズは近年プラスチック製のものが主流ですが、視覚の情報を重要視する職種の人にはより見え方の綺麗《きれい》なガラスレンズが今でも好まれる傾向にあります。僕の知り合いのデザイナーにも、ガラスレンズの眼鏡を愛用している人は大勢いますよ。若手のアニメーターだった久米川さんも、そうだったのでしょう」

久米川は、屋外階段から落下して亡くなっている。その時の衝撃で割れたガラスレンズの破片が目に刺さっていたとしても、おかしくはない。想像するとあまりに痛々しく、織家は思わず自身の目を押えてしまった。

「荒木さんの悲鳴を聞いた久米川さんの霊は、一言『違う』と言って消えたそうです。久米川さんの目は先ほど説明したような状態なので、聴覚を頼りに捜し人ではないと判断したのでしょう。つまり、捜し人は男性ではないと考えられます」

天木は流し目を新田に向ける。彼女は俯《うつむ》き、押し黙っていた。その表情に、織家のよく知る人の良さそうな笑みは欠片《かけら》も残っていない。

「久米川さんの霊が毎晩階段を上り目指していたのは、二〇三号室。そして、久米川さんが生きていた頃にそこに住んでいたのは、新田さんです。目の見えない彼が耳を頼りに捜しているのは、あなたなのでは？」

「ばっ、馬鹿言わないでっ！　どうして久米川くんが私を捜してるのよ！」

「理由は、直接本人に訊《き》いてみればいい」

天木は腕時計に目を落とし「そろそろ、時間です」と告げると、階段から離れて織家の隣に移動した。

時刻は、午前0時前。――久米川の霊が、最後の一段を上る時間。

すぐそこにある階段に、黒い靄《もや》のようなものが出現した。途端に織家は全身が総毛立ち、二階であるここから飛び降りてでも逃げ出したい衝動に駆られる。それなのに、意思に反して体はピクリとも動かず、瞬《まばた》きすら許されない目はその黒い靄を否応《いやおう》なしに捉《とら》え続ける。

その姿は新田にもしっかりと見えているようで、彼女は外壁に背を預けると驚愕《きょうがく》の表情のまま固まっていた。

黒い靄は渦巻くようにして集まり、徐々に人の影のような形へと変貌《へんぼう》する。その影――久米川は、おかしな形に折れ曲がった左足を引き摺《ず》りながら、ついに最後の一段を上り切る。真っ黒の顔に二つ浮き出た眼球には、荒木の証言通りガラス片がいくつも突き刺さっていた。

久米川の霊は、歩みと呼ぶには不恰好な動きで二〇三号室へと近づく。背中で壁に張りつき息を殺す新田の前を抜けて、見えないながらも異様な空気だけは感じ取り押し黙っている天木の前を通り、自室の玄関前で震えている織家の前に立った。

見上げる位置から迫る顔は、荒い吐息が頬を撫《な》でる距離まで近づく。ガラス片の刺さった眼球が片方落ち、空洞となった眼窩《がんか》から流れる血が織家の顔を濡《ぬ》らした。

「いっ、いやっ……ッ！」

喉《のど》の奥から出たか細い悲鳴に反応して、久米川の霊はその手を織家へ伸ばす。——だが、耐え切れなくなったのは織家だけではなかった。

「ひっ、ひいィィィッ！」

甲高い悲鳴を上げたのは、新田だった。腰の抜けた彼女はその場に崩れ落ち、這《は》うようにして階段を目指している。声に反応した久米川は、織家に触れる寸前だった手を止めて首を九十度回した。見えていないはずの眼球は、新田をしっかりと捉えているように思えた。

四つん這いで逃げようとしている新田に追いつき、触れそうなくらい顔を近づけると、久米川の黒い顔の一部が裂け、口が現れる。彼は、口の端から血を滴らせながら笑っていた。

「——お前だ」

それは、地の底から上がってくるような低い声。それが、幾重にも繰り返される。

「お前だ。お前だ。お前だお前だお前だお前だオマエダオマエダオマエダ」

新田は頭を抱えて、ひたすらに「ごめんなさい！　ごめんなさい！」と謝っていた。

久米川の攻撃対象から外れた安堵《あんど》で、織家は足に力が入らなくなる。倒れかけたところを、隣にいた天木に支えられた。

久米川の霊の責め立てに耐えきれなくなったのか。それとも、経験したことのない恐怖で自分が何を言っているのかわからなくなっているのか。新田は、可能な限り縮こまったような体勢で打ち明ける。

「だって、久米川くん家賃全然払ってくれないから！　いつもはぐらかすから！　あなただって悪いのよ！　私は家賃を払ってもらいたいから外で待っていただけなのに『待ち伏せすんな！』って怒鳴ったりするから……だから……！」

「だから、突き飛ばしたんですね？」

新田の自白に天木が問いかけると、彼女は黙って項垂《うなだ》れた。

気がつけば、久米川の霊の姿は跡形もなく消えていた。辺りを包んでいた禍々《まがまが》しい空気が嘘のように晴れ、住宅地に静かな夜が戻っている。

天木が「霊は消えたのか？」と問う。彼に寄りかかっている織家は、黙ってこくりと頷《うなず》いた。余程精神的に参ったのだろう。新田は久米川が消えた後も両耳を塞《ふさ》ぎ、念仏のように「ごめんなさい」と繰り返し呟《つぶや》いていた。

◆

それから、三日後のこと。

織家が天木と再会したのは、意外にも大学の構内でのことだった。『今、君の大学の大講義室にいる』とのメッセージを受け取った織家が講義終了後にそこへ行くと、広い室内の端の席に、天木が一人で座っていた。

「……天木さん、何で大学に？　勝手に入ってきたんですか？」

「そんなわけがないだろう」

顔を顰《しか》めながら、天木は首から下げている大学の許可証を見せる。

「また講義するために来たんですか？」

「忘れたのか？　この大講義室の教授の霊を追い出すには、少々準備が必要だと言っただろう」

つまりは、その準備ができたから大学まで足を運んだとのこと。織家は、有耶無耶《うやむや》にされたものだとばかり思っていた。

「教授の霊はいるか？」

「んー……今のところはいません」

「では、少し待ってみよう」

天木は腕を組み、待つ体勢に入る。呼び出したのは、霊が見える織家に協力させるためなのだろう。進んで教授の霊を見たくはないので帰ると言うこともできたのだが、いろいろと世話になったのは事実であり、教授の霊をどうにかしてほしいと頼んだのも織家自身である。なので、黙って天木の隣の席に腰を下ろした。

教授の霊が現れる前に、織家は結局あの後訊けずじまいだったことを尋ねてみる。

「天木さんは、大家さんが久米川さんを殺したって最初から気づいていたんですか？」

「仕事で疲れているとはいえ、若い男が階段から足を滑らせて咄嗟《とっさ》に受け身も取れないというのは、少し妙だとは思っていた。だが、そこを追及するのは警察の仕事であり、僕の仕事ではない。今回の僕の仕事は、久米川さんの霊が新田さんに会いたがっていることを突き止め、それを手助けすることだった。未練を取り除けば、霊は出なくなることが多いからな。久米川さんが良くしてくれた新田さんにお礼を伝えたくて彷徨《さまよ》ってたなんてハートフルな結末も多少は想像していたが、そう都合よくはいかないものだ」

後半は冗談だったのか、天木は悪戯《いたずら》な笑みを浮かべている。

天木の言う通り、彼は警察ではなく建築士だ。約一年前にどのような捜査が行われたのかはわからないが、新田の犯した罪は運よく警察の手を逃れている。

「明確な物的証拠があるわけでもない以上、新田さんを警察に突き出すのは難しいだろう」

「ああ、それなら解決済みですよ」

織家は複雑な表情で「昨日、自首したみたいですから」と天木に伝えた。

「それはまた、どういうことだ？」

「だってあの日以降、久米川さんの霊はずっと大家さんの部屋の前に立っているんですもん。精神的に追い詰められもしますよ」

久米川は目が見えなかったからこそ、新田は今も二〇三号室にいると思い込んでいた。だが三日前、悲鳴を上げたことで新田は彼に見つかってしまった。居場所がわかれば久米川の霊が痛めた足を庇《かば》いながら階段を上る必要はなくなり、直接新田の部屋に出向くようになるのは当然のこと。

新田が自首して以降は、一〇一号室前にいた久米川の姿も消えている。恨みが晴れて成仏したのか。それとも——新田に取り憑《つ》き、今も一緒にいるのか。真相は、新田にしかわからない。

「あっ」

織家が声を漏らしたのは、誰もいない壇上にどこからともなく人が現れたからだ。白髪に丸眼鏡の老人で、ストライプ柄のスーツを着ている。三年前、ここでの講義中に亡くなった桐原教授の霊で間違いない。

「教授の霊が現れたのか？」

「はい。相変わらず、何かぶつぶつ呟いてます」

「わかった。教授の口の動きが止まったら教えてくれ」

天木は鞄《かばん》から紙の束をクリップで留めたものを取り出し、それに目を通し始める。

「天木さん。それは？」

「桐原教授が亡くなった当日の講義内容の資料だ。これを入手するのに手間取ってな」

必要な準備とは、これのことだったようだ。ここで織家は、天木が何をするつもりなのかを理解する。彼は、教授が途中で止めざるを得なかった講義を最後までやらせるつもりなのだ。

教授が終始ぶつぶつ喋《しゃべ》っている聞き取れない言葉は、講義の内容だったのだ。授業を完遂できなかったことが未練というのは、研究熱心で有名だったという桐原教授らしいとも思える。

「……私にも見せてください」

「ああ、もちろん」

そして、たった二人を相手にした教授の講義は三十分ほど続けられた。声は小さくて聞こえないが、天木の用意した資料を見ればその熱のこもった講義内容はきちんと理解することができた。教授の口が止まったのを織家が確認すると、二人は立ち上がり拍手を送る。

「ありがとうございました、桐原教授。とても勉強になりました」

天木の賛辞が届いたのか。はたまた、講義をやり遂げたという満足感がそうさせたのか。桐原教授は微笑みを一つ残し、空気と一体化するかのように壇上から姿を消していった。

「……いなくなりました」

伝えると、天木は「そうか」とだけ呟いて資料を鞄に戻した。

教授の霊は、話を聞いているふりをして上っ面の感想を述べるだけでも満足して消えてくれたかもしれない。だが、天木は手間を惜しまず当時の資料を探して内容をきちんと理解するように努めた。その手間に、死者へ対する天木なりの敬意が見えたような気がした。

「それで、考えてくれたか？　僕の事務所で働くこと」

依頼を完遂することで、自身の心理的瑕疵《かし》を取り除く技量を理解してもらえたと踏んだのだろう。天木は、バイトの打診を改めて行う。

もちろん、それについては織家なりによく考えてみた。

憧《あこが》れの人が一変、オカルトマニアの変な人だと判明した時は谷底に突き落とされたような気持ちだったが、彼は確かに織家のアパートから心理的瑕疵を取り除いてくれた。事故物件が増える一方の現代において、彼のような人は必要な存在なのかもしれない。

織家は思う。天木ならば——アレを解決してくれるかもしれないと。だが、否定するように頭を横に振る。都合よく考えてはいけない。成り行きに任せて甘えてはいけない。

「……一つだけ、訊《き》いてもいいですか？」

おずおずと織家が問うと、天木は「ああ」と質問を待つ。

「天木さんは、どうしてそんなにオカルトが好きなんですか？」

その質問に、天木は面食らったような顔をしていた。織家の前では常に余裕のある顔ばかりしていたので、意外な反応に織家の方も驚いてしまう。おかしなことは訊いていないはずなのだが。

「オカルト好き？　僕が？」

「はい……え、だってそうでしょう？」

「馬鹿を言うな」

天木は鋭い眼光を以《もっ》て「僕は、オカルトが大嫌いだ」と言ってのけた。

「……はっ、えっ？　嫌い？　なら、何で事故物件に進んで首を突っ込むんですか？　事務所の二階があんな怪しげな本や呪物《じゅぶつ》めいたもので溢《あふ》れている理由は何なんですか？」

「僕はオカルトに『とても興味がある』とは言ったが、『好き』などと言った覚えはない。嫌いなものに立ち向かうには、皮肉にもその嫌いなものの豊富な知識が必要になる。アンチの方が詳しいとは、よく言ったものだ」

嫌いだから、その嫌いなものに対抗する術《すべ》を身につけるために詳しくなった。最初こそ織家は混乱したが、頭の中で整理すると道理には適《かな》っていた。

織家も、霊は嫌いである。久米川の霊に触れられそうになった時も、心臓が破裂するかのような思いをした。それだけではない。これまでも、霊に襲われた経験は一度や二度ではないのだ。恐ろしい体験をするたびに、何度も何度も自身に備わる霊感を呪ってきた。

嫌いだから、抵抗する。それは、天木に霊が見えないからこそできること。あんなにおぞましいものが普段から見えていたら、聞こえていたら、感じていたら、対抗する気なんて端《はな》から起きはしないのだ。

だから――織家の結論は変わらない。

「……すみません。どうしても私は、霊が怖いです」

「そうか……わかった。無理に誘って悪かったな。織家くんが学業に励み、いい建築の担い手になれることを祈っているよ」

それを別れの言葉に、天木は立ち上がり織家に背を向けた。その背中は少し寂しそうにも見えたが、拒絶した織家に声をかける権利はなかった。

◆

二人が再会したのは、それから僅《わず》か一週間後のことである。

天木建築設計の玄関引き戸を開くと、パソコンに向かっていた天木が顔を上げた。玄関に佇《たたず》む織家は、赤いスーツケースを両手で摑《つか》んでいる。

「やあ、織家くん。空橋から話は聞いているぞ」

わざとらしい笑顔で出迎える天木へ、織家は複雑な眼差《まなざ》しを送った。

新田は独身であり、そもそも家族がいない。そんな彼女は、現在警察に身柄を勾留《こうりゅう》されている。となると、織家には家賃を払う相手がいなくなる。そのことを黒猫不動産の担当で、天木と知り合いだと いう空橋に相談した結果、すぐに出ていかなければならなくなってしまったのだ。大家の逮捕というのは前例のないことで、空橋も対処にそうとう頭を悩ませた末の判断だと聞かされている。

しかし、いきなり出ていけと言われても織家には新たに敷金礼金を払いアパートを借りる余裕がない。元手があったとしても、再び連帯保証人になってもらえるよう叔父《おじ》に頼み込む必要も出てくる。

　そこで空橋に提案されたのが、天木の下でバイトをすること。天木が織家をバイトに誘っていたことは、どうやら知っている様子だった。事務所で住み込みのバイトをすれば、次のアパートを借りる資金くらいすぐに貯まる。連帯保証人も、働く条件の一つとして天木に頼めばいいと提案されたのだ。織家に、他の選択肢はなかった。

「まあ、賃借人の住む権利は法律で守られているから、少なくともすぐに出ていく必要はないのだがな」

「……えっ？」

　では、なぜ空橋は織家にすぐ出なければならないと伝えたのか。——決まっている。空橋は裏で天木と結託して、織家にここでバイトをさせるべく動いていたのだ。

「騙《だま》すなんて酷《ひど》いじゃないですか！」

「そう怒らなくてもいいだろう。遅かれ早かれ、あのアパートは出ることになるのだ。それに、ちゃんと建築の仕事も手伝ってもらう。織家くんにとっても、悪い経験にはならないはずだ」

　入学当初、ここで働くことは織家の夢だった。形はどうあれ、尊敬する建築士の下で学べるのなら確かに悪い話ではないのかもしれない。とはいえ、このようなやり方をされてはあっさり受け入れるのはどうにも腑《ふ》に落ちない。

それに、霊が怖いから働きたくないという気持ちは、もちろん今でも変わっていないのだ。

「……三か月だけです」

三か月。それだけあれば次の入居先へ引っ越す資金くらいはどうにかなるだろうと見越して、織家はそう提案した。

「よし、決まりだ。これからよろしく頼むよ、織家くん」

上司から差し伸べられた手を、織家は不本意ながらも握り返すのだった。

第二話　木目の家

毎年、夏休みと冬休みが訪れると、少年は少し憂鬱《ゆううつ》な気分になる。理由は、父方の祖父の別荘へ行かなければならないからだ。

少年は、祖父が嫌いなわけではない。寧《むし》ろお爺《じい》ちゃんっ子の側面があり、祖父もまた孫を溺愛《できあい》していた。少年を憂鬱にさせる原因は、祖父ではなく別荘という建物自体にある。

件《くだん》の別荘とは、富士山《ふじさん》を望む河口湖《かわぐちこ》近くの森の中に建てられたログハウスのこと。不動産業で一財産を築いた祖父が、材木の産地までこだわり抜いて建てた家である。少年を悩ませたのは、そんなログハウスの木目だった。

「じいちゃん、壁が笑ってるよ」

「ははは！　こんなもんはただの木の模様だ。顔なんかじゃない」

少年が怯《おび》えると、祖父はそう言ってよく笑い飛ばしていた。

木目が顔のように見えて怖い。そのような経験をした人は、少なくないだろう。少年がログハウスを嫌う理由はそれであり、四方八方木が剝《む》き出しで仕上げられているために、そこら中に顔があるように見えて仕方がない。勘違いだろうが、怖いものはどうしても怖いのだ。

この別荘に泊まっている間、少年は四六時中誰かに見られているような気がして、どうにも落ち着かなかった。

例年に漏れず別荘へ泊まりに来た、ある年の夏休み。早く帰りたいなと思いつつ料理の手伝いをしていた少年は、包丁で手の指を少しだけ切ってしまった。

「こりゃいかん」と祖父は救急箱を取りに走り、少年の指先から滲《にじ》み出る血が一滴、フローリングの上に落ちた。拭《ふ》き取るためにキッチンペーパーへ手を伸ばした時、

――じゅるり。

垂れかけた涎《よだれ》を啜《すす》るような、そんな行儀の悪い音が聞こえたような気がした。少年が視線を足元に落とすと、そこにあるべきはずの血は不思議なことに跡形もなく消えてしまっていた。

◆

常に多くの人と車が行き交う、大都市の横浜駅周辺。杉の木のように真っすぐ聳《そび》えるビルとビルの間にひっそりと佇んでいるのが、古い民家を改装した天木建築設計の事務所である。

白を基調とした空間は、計算して配置された家具やインテリアによりドラマの一場面に出てきそうなほどお洒落《しゃれ》に仕上がっている。そんな一室で、織家は優雅に一人でパソ

コンに向かっていた。

天木の下で働き始めて、早一か月。暦は五月の下旬に差し掛かっており、寒さもすっかり和らぎ過ごしやすい気候の日が続いている。

最初は気の進まないバイトだったが、いざ始めてみると悪くない。というより、寧ろ最高だというのが織家の正直な感想だった。今はまだ図面作成に使うCAD《キャド》ソフトの練習や見積もり作成などの簡単な事務仕事くらいしか任せてもらえないが、仕事依頼が殺到する人気建築士である天木のデザインを考える過程やリアルな現場を見せてもらったりなど、建築学科の学生としては非常に有意義な経験を積ませてもらっている。

コーポ松風を追い出されて行く当てのなかった織家は、この事務所に三か月間だけ住み込みで働くことになった。元々は住宅だったので、洗面所や風呂《ふろ》も完備されている。オカルト本や呪物《じゅぶつ》を片付けて作った二階の一部屋だけが唯一のプライベートスペースなのは不満だが、家賃がタダであることを踏まえれば文句は言えない。

織家が雇われた一番の理由は、事故物件調査に付き合わせて霊の存在を確認し、解決へのヒントを探させるため。だからこそ嫌だったのだが、考えてみれば事故物件の調査依頼などそう来るものではない。このまま平穏無事に三か月を乗り切れそうだと、織家は上機嫌で鼻歌を歌いながらマウスを軽快に操っていた。

事務所のインターホンが来客を知らせたのは、そんなタイミングである。

「こんにちは」

挨拶《あいさつ》と共に玄関の戸を開けて入ってきたのは、パーマを当てたマッシュカットの黒髪で、縁のないシンプルな眼鏡をかけている男性。腕には、赤いリードをつけた黒猫を抱いている。その来訪者は、織家も面識のある人物だった。

「……空橋さん」

「やあ、織家ちゃん。久しぶりー」

ひらひらと織家に手を振る男性の名は、空橋圭史郎《けいしろう》。横浜中華街に店を構える小さな不動産屋『黒猫不動産』の代表であり、織家にコーポ松風を紹介した人物でもあり、天木と画策して織家がここでバイトをするよう仕向けた張本人でもある。

織家の眉間《みけん》にキュッと皺《しわ》が寄るのを見て、まずいと思ったのだろう。抱いていた黒猫を下ろすと、空橋は両手を合わせて頭を下げる。

「あの時は、君を騙してアパートから追い出す形になっちゃってごめんよ！」

「……まあ、謝ってもらえればそれでいいですけど」

不満は残るが、今の生活も悪くない。今し方そう実感していたところだったので、そこまで怒りは湧いてこなかった。許しを貰《もら》った空橋は顔を上げて、その中性的な童顔を笑顔に変える。

空橋の見た目は、とても天木と同じ三十二歳とは思えない。天木も歳より若く見えるが、彼はそれ以上だ。織家と並んでいれば、周りの人は普通に大学生と見間違うだろう。背は天木よりも目測で五センチ程度は低く、顔つきは『かっこいい』というよりは『可愛い』の方がしっくりとくる。

仕事とプライベートで態度や話し方を変える天木とは異なり、空橋は客として黒猫不動産を訪れた時から織家への接し方が一貫している。よく言えばフレンドリーであり、悪く言えば少し軽い。客に怒られたりしないのだろうか。

「ヒゲ丸も久しぶりだねー」と、織家はしれっとソファーに鎮座している黒猫の頭を撫《な》でた。

ヒゲ丸は、綿飴《わたあめ》のようにふわっとした毛並みと左右で色の異なるオッドアイ、そしてもちろん立派な髭《ひげ》が特徴的な黒猫不動産の看板猫である。織家は不動産屋で何度か出会っているので、空橋と同様に約ひと月ぶりの再会となった。

「何でヒゲ丸も一緒なんですか？」

「運動不足解消も兼ねて散歩させているんだよ。猫の散歩って、珍しいだろ？　でも、やっぱり犬みたいにはいかなくてさ。いつも途中から俺が抱っこしたままになるんだよね」

「そうなんですねー」

自分で尋ねておいて、織家の返しはおざなりになっていた。ヒゲ丸に夢中なので、仕方がない。顎《あご》を指先で擦《さす》ってやると、彼は満更でもなさそうに目を閉じて顎を伸ばしていた。

「ヒゲ丸を連れてくると、毎回天木が怒るんだよ」

「そんなこと気にせず、これからもどんどん連れて来てくださいね。大体、天木さんは心が狭いんですよ。この間なんて、私がアイスを絨毯《じゅうたん》の上にちょっと落としちゃっただけでガミガミ説教されたんですから」

「確かに、綺麗《きれい》好きなところはあるなー。俺が前に天木の車の助手席でスナック菓子を開けたら、その場で降ろされたことがあったっけ」

「酷《ひど》い話ですね」

天木の悪口で意気投合している最中《さなか》、織家は玄関の方に人の気配を感じる。いつの間にかそこに立っていたのは、この事務所の主である天木悟だった。

「ずいぶんと楽しそうだな。僕も交ぜてくれないか？」

笑顔なのが、逆に怖い。どこから話を聞かれていたのかわからない織家は「ええと、大した話じゃないですから」と視線を逸《そ》らす。

「言っておくが、僕がヒゲ丸を拒んでいるのは事務所が汚れるからではない。単純に、猫アレルギーだからだ」

どうやら、最初から全部聞かれていたらしい。天木は黒いビジネスバッグを自分のデスクの上に下ろしたところで、クシュンと大きなくしゃみをした。

◆

ジャケットを脱いだ天木は応接用の赤いソファーに深く座り、織家が用意した冷たいレモンティーに口をつける。長い足を組み寛《くつろ》ぐその姿は、とても優雅で絵になっていた。

「それで、空橋。今日は愛猫を見せびらかしに来たのか？」

「つれない言い方すんなよ、天木。どうせわかってるんだろ？」

お茶請けのチョコレートを一つ口に放り込みながら、空橋は天木をおちょくるように返した。そんなやり取りを見ているだけで、二人が親しい仲であることは織家にも見て取れる。実際、昔馴染《むかしなじ》みであることは天木から聞いていた。

「二人は、いつから知り合いなんですか？」

膝《ひざ》の上で寝息を立てているヒゲ丸を撫でながら、織家はふとそんな質問を投げかけてみた。人懐っこい笑顔で答えたのは、空橋である。

「大学の同期だよ。初めて話したのは、三年生の時だったかな？」

「ああ。空橋が僕をホストクラブに勧誘したんだ」

「えっ、ホストですか？」

キョトンとする織家に、空橋は照れくさそうに「俺、大学時代にホストやってた時期があるんだよね」と告げた。客として黒猫不動産を訪れた際、織家は空橋の容姿や口車にひょいと乗せられて契約まで持っていかれているわけである。あの時の接客や話術には、ホスト時代に培った経験が多少なり活《い》かされていたのだろう。

「……ちなみに、天木さんは誘いを受けてホストになったんですか？」

ローマ字の源氏名を与えられた天木が女性をエスコートし、ドンペリ入りましたと喜び、帰り際には耳元で甘い言葉を囁《ささや》く。そんな姿を想像した織家は、口元が緩みそうになるのを必死に堪《こら》える。

「なるわけないだろう」

織家の想像ごとバッサリと切り捨てた天木は「それで」と空橋の方へ目を向ける。

「調査依頼で来たんだろう？　早く話せ」

「はいはい。せっかちだなぁ」

二人は淡々と話を進めているが、織家には何のことかさっぱりわからない。置いてきぼりになる前に、自分から首を突っ込んだ。

「えっと……何の話ですか？」

「ああ。俺は不動産屋をやってるから、オカルトで悩んでる家や土地の案件をよく小耳に挟むんだ。そんで、扱いに困っている事故物件があれば、その調査を天木に頼んでるってわけ」

調査依頼という時点で嫌な予感はしていたのだが、案の定事故物件絡みの案件のようだった。何事もないまま契約期間満了まで逃げ切るという算段を打ち砕かれ、織家はあからさまにがっくりと項垂《うなだ》れる。落ち込む織家とは対照的に、天木の目にはやる気に満ちた光が灯《とも》っていた。

「事故物件の調査依頼なんてものがどういうルートで来るのか気にはなっていたんです

が……空橋さん経由だったんですね」

「そりゃあ、僕が大々的に募集をかけるわけにはいかないからな」

天木が自社のホームページで『事故物件の調査行います』などと募集をしていれば、ここまで積み上げてきた彼の人気に影を落とす要因になりかねない。空橋を通すことで、もし依頼人が天木のことを知っていたとしても『友人である空橋に頼まれて、あくまで建築士としての視点で調査に来た』という体が取れるということらしい。

「……ひょっとして、空橋さんも霊が見えたりするんですか？」

「俺が？　ないない」

空橋は即座にそう否定した。見える織家にはわからない気持ちだが、天木にしろ空橋にしろ、見えないからこそ惹《ひ》かれる何かがオカルトにはあるのかもしれない。

ともかく、この状況は織家にとって非常によくない。バイトが始まってから今日まで平穏で充実した時を過ごすことができていたのに、事故物件の調査が舞い込んだ今、オカルト現場への同行は避けられないだろう。

「や、やめましょうよ。そんなの、専門の人にお祓《はら》いとか頼めばいいじゃないですか」

「それも一つの手だけど、俺は天木の仕事の方が信頼できるんだよね」

「でも、何が起こるかわかりませんし」

「まあまあ。一旦《いったん》落ち着こうか、織家くん」

どうにか調査を止めさせようともがく織家を、天木は小さい子に言い聞かせるような口調で宥《なだ》めた。

「せっかく空橋が足を運んでくれたんだ。とりあえず、話だけでも聞こうじゃないか」

事故物件という手土産のおかげか、天木はずいぶんと上機嫌になっていた。オカルト嫌いと言っていたが、本当はやはり大好きなのではないかと疑ってしまう。

聞いてしまえば、もう後には引けない気がした。逃げようにも織家の膝の上ではヒゲ丸が丸くなっている。退《ど》かすなんて可哀想なことが、できるわけもない。

「先に言っておくと、今回の依頼は会社としてじゃない。俺個人としての依頼になる」

先ほどまでの軽い口調から一変して、空橋の声は重く沈んだものになる。

織家は腹を括《くく》り、空橋の話に耳を傾けることにした。

◆

空橋の父方の祖父である育三郎《いくさぶろう》は、横浜中華街に店を構える黒猫不動産の先代に当たる。黒猫不動産は、急死した祖父に代わり空橋が大手不動産会社を退職して継いだ店だった。

育三郎は、富士山の望める河口湖の近辺にログハウスを所有していた。躯体《くたい》から内装に至るまで全て〇県産のヒノキを使用するなど、細部までこだわり抜いた自慢の別荘だった。子どもの頃、空橋は夏休みと冬休みに必ず泊まりに行っていたという。

空橋が差し出した写真には、勾配《こうばい》のきつい三角屋根のログハウスを背景にして快活に笑う一人の老人が写し出されている。彼が育三郎のようだ。

そんな自慢の別荘が、不幸にも育三郎の死に場所となってしまう。死因は、酒に酔っての転落死。ロフトの手摺《てすり》を乗り越えて頭から落ち、大量の出血痕《こん》を残し息絶えているのを、翌朝訪れた育三郎の友人が発見した。今から約三年ほど前の痛ましい事故である。

ログハウスは、空橋の父が相続することになった。しかし、今日に至るまで家族の誰かが利用することはなかった。

せっかくの別荘を放置しておくというのはもったいない。亡き育三郎も、惚《ほ》れ込んだ自慢の家がただただ朽ちていくだけというのは寂しく思うはずだ。家族で悩んだ結果、そこは今年から黒猫不動産で貸し別荘として提供することになった。

そして、希望者が別荘の内見に訪れたのが、つい一週間ほど前のこと。

別荘を訪れたのは二村《にむら》という五十代の男性で、事業である程度の成功を収めた独身貴族だ。仕事は半分引退して、今は自由気ままに暮らしているらしい。

ログハウスに案内すると、二村はとても喜んでいた。事故物件ということはもちろん伝えているが、その辺はあまり気にしない人のようだった。

二村は家中を探索して子どものようにはしゃぎ、ロフトへ続く階段を見つけると意気揚々と上り始めた。これなら契約まで漕《こ》ぎ着けられるかもしれないと空橋が手応《てごた》えを感じた時——それは起こった。

「うわぁッ！」

叫び声の直後に、ドシンと重たい音が響く。振り返ると、階段下で倒れている二村の姿があった。丸太の積み上げられた壁で後頭部をぶつけたようで、小さく唸《うな》っている。階段から転げ落ちたのだということは、すぐにわかった。

「だっ、大丈夫ですか⁉」

空橋は駆け寄り、二村の状態を確認する。頭部からの出血は見られないが、ぶつけている以上無理に動かすべきではない。だが、彼は弱々しく呻《うめ》きながらその身を起こそうとしている。

「動かないでください！　今救急車を呼びますから！」

スマホを取り出そうとした時、二村の背中を支えていた片手に温かい感触を覚える。その原因が大量の血であることを理解するのに、空橋は数秒の時間を要した。

しかし、頭からの出血がないことは確認している。二村が苦しそうに呻いて前方に倒れたことで、血の出どころが判明した。

大量の血は、背中から流れていた。その原因は、壁を形成する丸太から飛び出している太い枝である。枝の先端は鋭利に尖《とが》っており、これが二村の背中を突き刺したのだ。赤黒く染まったそれは、不気味に血を滴らせている。

その後に救急車が到着し、二村は搬送された。傷は深いが、奇跡的に臓器を避けており命に別状はないとのことだった。当然警察も動く事態に発展し、空橋も管理者として現場検証に付き合うことになった。ようやく解放されたのが、つい昨日のことだ。

一部始終を語り終えた空橋は、レモンティーで一度喉《のど》を潤すと改めて口を開いた。

「おかしな点は二つある。まず、丸太の壁に尖った枝なんて絶対に生えてなかった。あったら間違いなく事前に気づいていたはずだ」

丸太は、丸いからこそ丸太なのだ。削り出す過程で枝は全て削《そ》がれており、万が一手違いで残っていたとしても、そんな目立つところに生えていたのなら、空橋の言う通りとうの昔に気づいていたはずである。

「もう一つは？」

天木が問うと、空橋は目に見えて顔を青白くさせる。

「……血だよ」

「血？」

「ああ。大量に出血していた二村さんの血が、救急搬送後には事故現場から跡形もなく消えていたんだ」

だからこそ、警察に説明しても信じてもらえず空橋は相当苦労した。最終的には、被害者である二村の証言のおかげで無罪放免となったとのこと。天木は考え込むように腕を組み、やがて織家の予想通りの結論を出した。

「現場へ出向いてみなければ、何も始まらないな」

天木の依頼承諾と受け取れる言葉に、空橋は「ありがとな」と笑顔を取り戻した。

「というわけで、事故物件調査だ。早速明日《あした》にでも向かおうか、織家くん」

張り切る天木。対して、織家はできる限りの嫌そうな顔で抵抗した。

バイトの条件は呑《の》んでいるが、いざその時が来てみれば、事故物件に自ら足を運ぶなど嫌に決まっている。

「すみません。私、急ぎのレポートがありまして」

「僕も協力するから、さっさと終わらせよう」

「あ、でも、明日は出席必須《ひっす》の講義があるんです」

「明日は講義を取っていないから、フルタイムでバイトができると聞いているが？」

「そういえば、昨日からちょっと熱っぽくて」

「では、調査は君の体調が回復してからにしよう」

あの手この手を考えるも、どうやら織家に逃げ道はなさそうだった。

◆

翌日の昼頃。織家と天木、そして空橋の三人は、河口湖を望める定食屋で郷土料理のほうとうに舌鼓を打っていた。うどんとはまた異なる平打ちの麺《めん》はモチモチとしており、汁には肉やキノコ、季節の野菜などがどっさりと入り豊かな風味を醸し出している。

「うう……美味《おい》しい」

織家は、泣きそうな顔で麺をズルズルと啜《すす》っていた。その様子に、奢《おご》った天木は満更でもなさそうである。

「涙目になるほど喜ばれると、僕も奢った甲斐《かい》がある。君は普段、碌《ろく》なものを食べていないようだからな」

天木の言う通り、織家は日頃あまりいいものを食べているとは言えない。家賃がタダになりバイト代も入るようになったとはいえ、金銭面の負担はまだまだ大きい。よって、節約には励まなければならないのだ。

見かねた天木が食事に誘ってくれることもあるのだが、基本的には断るようにしている。二か月後には事務所を出ていくのだから、天木に甘えるような癖はつけたくないのだ。

「確かに美味しいですけど、それで泣きそうになっているわけじゃありません！　食べ物にまんまと釣られてついてきてしまった自分の不甲斐なさを嘆いているんです！」

遠出した先でソウルフードを奢るという条件は、ここ最近もやしばかりを消化し続けていた織家の胃袋を強く惹《ひ》きつけた。その魅力は、片側に恐怖を乗せた天秤《てんびん》を食欲の側へ押し下げるに至ったのである。

「調査先の事故物件が県外であることは珍しくない。君からすればタダで観光できて、ご当地の美味しいものを食べて、その後ちょっと霊を見て帰るだけ。悪くない条件だと思うが」

観光と美味しいものだけがいい。織家はそう思ったが、怒られそうなので口には出さなかった。

ついてきた時点で、もう逃げられないことは確定している。せめてもの抵抗と言わんばかりに、織家は店員に向かって手を上げる。

「すみません。もう一杯お願いします！」

どうだという顔を天木に向けると、彼は呆《あき》れた様子でテーブルに片肘《かたひじ》をついた。

◆

「食べ過ぎた……」

腹部を押えながらよろよろと歩く織家を、天木は振り返って「自業自得だ」と窘《たしな》めた。

定食屋を出た三人は、観光で来たと思《おぼ》しき様々な県外ナンバーの車が行き交う県道から離れ、富士山とは真逆の方面へ続く坂道を上っていく。周囲の建物は、徐々に鬱蒼《うっそう》と茂る木々へと置き換わっていった。

聞こえてくるのは、風が揺らす葉のざわめきと、鳥らしき甲高い鳴き声のみ。適度な運動と森林浴のおかげか、織家の調子も次第に快方へと向かっていった。

「はい、到着っと」

狭い山道のカーブの途中に立つ一軒の家の前で、先頭を歩いていた空橋が足を止める。

織家と天木が揃って視線を上げると、そこには森の景観によく馴染《なじ》んだ一棟のログハウスが聳《そび》えていた。

その見た目は、まさに木の家と呼ぶに相応《ふさわ》しい。屋根材や窓など一部を除けば、素材はほぼ全てがヒノキでできている。積み上げられた薄茶色の丸太は切り出してまだ間もないかのように若々しく、尖った三角屋根からは黒い煙突が一本天に向かって伸びていた。

家の中心から台形に迫《せ》り出した部分が、このログハウスのリビングスペースなのだろうことは外観からも見て取れる。その手前には、家の間口を全て覆うほど広いウッドデッキが組まれていた。

北欧から運んできたかのようなその仕上がりには、空橋の祖父の育三郎が自慢していたのも十分に頷《うなず》ける。

「素敵な家ですね。見た感じ、まだ新しそうですし」

「そんなことないって。今年で築二十五年になるよ」

空橋の返答に、織家は驚きを見せた。とても二十五年も経っているようには見えなかったが、思い返せば空橋は子どもの頃の長い休みには必ずここへ来ていたと話していたので、年齢から逆算すると少なくともそのくらいは経過していることになる。

「織家くん。このログハウスから何かを感じるか？」

天木に問われて、織家は改めて家全体をジッと眺めてみる。どこを見ても、素敵な家ということ以外に気づく点は特になかったため、天木に向かって首を横に振った。

「とりあえず、中に入ってみるか」

玄関へ向かって歩き出した天木を、織家は空橋と共に追いかけた。

ログハウスの中は、織家が外観から想像していたよりも遥《はる》かに暖かみが溢《あふ》れていた。間取りは2LDK。決して広いとは言えないだろうが、家族や友人で休暇を楽しむには十分である。六畳の洋間が二間あり、浴室はもちろんヒノキ風呂《ぶろ》。大開口の窓からは、湯船に浸《つ》かりながら木々の緑を楽しむことができるようになっていた。

五人は並んで寛《くつろ》げそうな深緑色のソファーがあるLDKのリビングスペースは吹き抜けとなっており、屋根勾配《こうばい》の形そのままの高い天井が解放感を与えてくれる。壁際に置かれた薪《まき》ストーブの周りには、防火のために褪《あ》せた朱色の煉瓦《れんが》が積まれていた。ロフトはキッチンの上に位置しており、階段の下から見上げると居心地のよさそうな空間が広がっていた。

家全体の特徴として何より述べるべきは、やはり木の内装である。床も壁も天井も、見渡す限りの木、木、木。天然のヒノキならではの艶《つや》やかな木目の刻まれた材料が、四方八方余すところなくふんだんに使われていた。

「事故現場は、ロフトの階段下でいいんだな?」

天木の一言で、すっかり別荘の内見気分になっていた織家は頭を現実に戻す。ここはつい先日も妙な事故があったばかりの曰《いわ》くつき物件なのだ。気を抜いてはいけない。

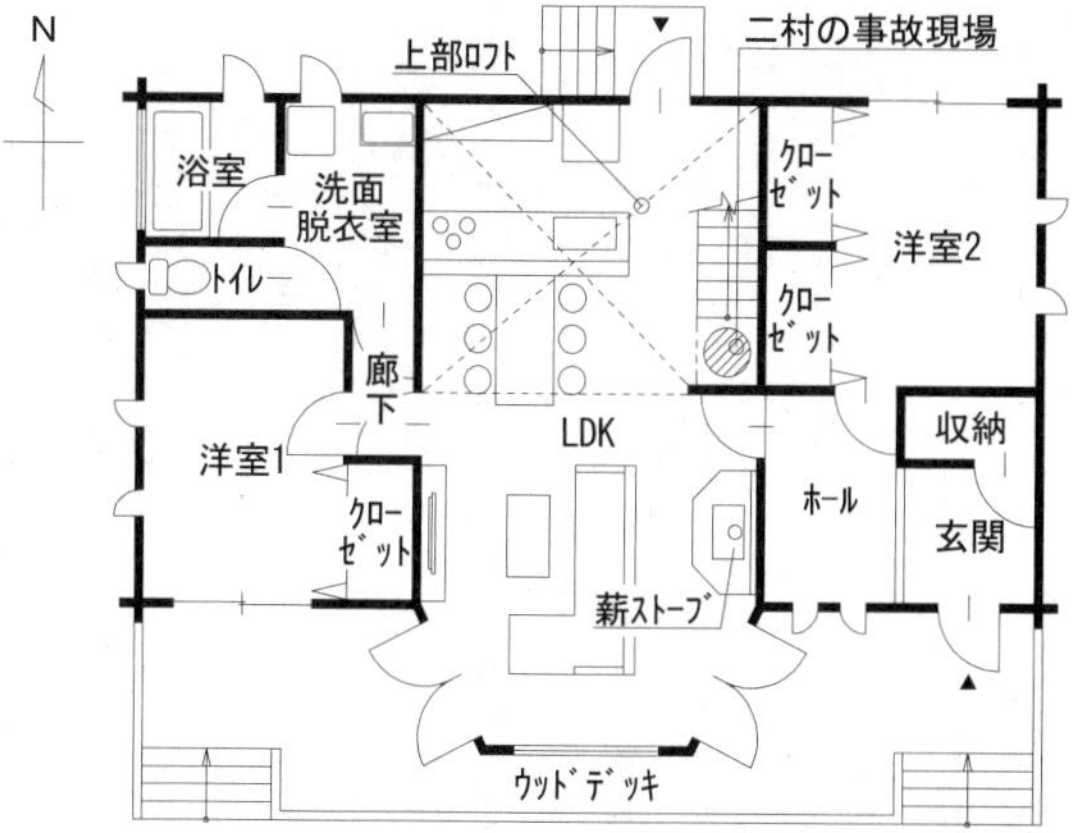
N
上部ロフト
二村の事故現場
浴室
洗面
脱衣室
トイレ
廊下
クローゼット
洋室2
クローゼット
洋室1
LDK
収納
クローゼット
ホール
玄関
薪ストーブ
ウッドデッキ

ログハウス

二村の背中を突き刺した太い枝が生えていた壁がどこなのかは、すぐにわかった。階段を下りて正面に位置する丸太でできた壁の一部に、緑色の養生テープが貼られている。事前に聞いていた通り、事故現場に出血による染みのようなものは見受けられなかった。

「枝は空橋さんが切ったんですか？」

「危ないからね。でも、ちゃんと捨てずに取ってあるよ」

そう言って、空橋は見事な一枚板のダイニングテーブルに置いていた透明のビニール袋を手に取る。その中にある枝の長さは十センチほどあり、太さは織家の指三本分はありそうだ。そして、先端がまるで竹槍《たけやり》のように尖《とが》っている。これが背中に突き刺さったのだと考えるだけで、堪《たま》らず表情が強張《こわば》ってしまった。

「どれ」と、天木はあろうことかビニール袋から枝を素手で取り出した。事故現場と同様に血が付着したような痕跡《こんせき》のないその枝を、あらゆる角度から観察する。特にこれといった発見は得られなかったのか、天木はそれを織家の方へ差し出した。

「どうだ織家くん。何か感じるか？」

「ち、ちょっと！　急にそんなもの近づけないでくださいよ」

強く拒絶された天木は、不満げな顔で枝をビニール袋へ戻した。

「今のは天木が悪いぞ」と、空橋が織家の味方をする。

「わかっている」

「ちゃんと手を洗ってくださいね」

さらに織家から追撃を受けて、天木の眉間《みけん》の皺《しわ》は深くなる一方だった。

「それもわかっている。……それにしても、この家ではずいぶんと奇妙なことが起きているな」

天木が頭を捻《ひね》るのも当然だ。よく木造住宅のPRで『木の家は生きている』などと言われていたりするが、あれは木材が空気中の水分により膨張と収縮を繰り返すことを呼吸に見立てているだけである。本当に生きているわけではないので、当然枝が伸びたりなどしない。

一体、このログハウスでは何が起きているのだろうか。困惑する織家に、考え込む天木。そんな二人へ、空橋は更なる情報を追加した。

「実は、似たような状態になっている場所がもう一か所あるんだ」

空橋がロフトへの階段を上り始めたので、織家と天木も後に続く。問題の箇所は、階段の最上段にあった。先ほど見せてもらった枝ほど太くはないが、そこにも段板から天井へ向けて長さ五センチほどの枝が生えている。その先端は、やはり針の如く尖っていた。

「実際に生えているところも確認してほしかったし、ここならロフトに上らない限り危なくないと思って切らずに残しておいたんだ。二村さんは、これを踏みそうになって階段から転げ落ちたそうだよ」

本人から聞いたと思しき情報を、空橋は恨めし気に枝を睨《にら》みながら二人に伝えた。二村はこれを避けたことでバランスを崩し、落ちた先の壁にはまた別の太く鋭利な枝が伸びていた。偶然で済ませられないことは明白である。

「まるで、人へ害を成すために枝が伸びているように思えるな」

天木も、織家と近い考えに行き着いていたようだった。空橋はロフトスペースに座り込み、憔悴《しょうすい》した様子で頭を抱える。

「やっぱり、家族以外を泊めようとしたことをじいちゃんは怒ってるのかな……」

ここは育三郎の生前のお気に入りの場所でもあり、同時に死に場所でもあった。見ず知らずの人間を育三郎の霊が追い出そうとしたという解釈は、一応筋が通っている。とはいえ、まだ結論を出せる段階には至っていない。

「とりあえず、一晩泊まってみることにしよう。怪現象が起こるとすれば、やはり一番可能性が高いのは夜だろうからな」

一泊するという旨の言葉を受けて、織家は「泊まるなんて聞いてませんけど」と訴えた。実際問題、着替えも何も持ってきていない。

「おいおい、事故物件の調査で来ているんだぞ？　調査のメインは夜に決まっているじゃないか」

「常識みたいに言わないでくださいよ。それに……どうなんです？」

「何がだ？」

「何がって……」

口ごもる織家を前にしても、天木は全く気づく様子がない。やれやれといった顔で、腰を上げた空橋が口を挟んだ。

「鈍いなぁ天木は。女の子一人が男二人と別荘で寝泊まりってのは、ちょっとまずいんじゃないのってことだよ。ね？　織家ちゃん」

織家の言いたいことを代弁し、空橋はウィンクを飛ばした。この辺りは、さすがは元ホストといったところだろうか。

「何だ、そんなことか」

「そんなことって何ですか！」

「そもそも、僕が事務所のオカルト部屋に籠《こも》り一泊する日は珍しくないだろう。それでも君は、鍵《かぎ》のついていない隣の部屋で気にせず寝ているじゃないか」

「これでも、最初の頃は結構緊張してたんですからね！」

結局のところ、全て経費から落ちると聞いていた織家は纏《まと》まったお金など持ってきていない。自腹では帰りの電車賃すら危ういだろう。事故物件に一泊というオカルト特番の企画のような申し出を受ける以外に、選択肢はないのだった。

◆

夕方。

織家は、夕飯の買出しのために道を下ったところにあるスーパーまで足を運んでいた。荷物持ちの申し出を断り一人で来た理由は、着替えを買うため。コンビニで調達するつもりだったが、スーパーが衣料品も取り扱っている店舗だったので、立ち寄る手間が省けた。

一応着替え代も領収書を貰《もら》っておいたが、下着類の記載があるので天木に渡すのは少し恥ずかしい。なので、結局は自腹になりそうだ。手痛い出費に肩を落としつつ、織家はログハウスまで帰ってきた。

「ただいま戻りました」

玄関を開けると、ＬＤＫの方から天木と空橋の談笑が聞こえてくる。得体の知れない家にいるというのに危機感がなく、妙に楽しそうだ。その原因は、ドアを開けてすぐ視界に飛び込んでくる。

「……お酒飲んでる」

ダイニングテーブルの上には、達筆過ぎて織家には読めない漢字名のラベルが貼られた日本酒の一升瓶が置かれていた。パッケージを見るに、この辺りの地酒のようである。

「これ、どうしたんですか？」と織家が問う。少なくとも、天木や空橋の手荷物にはなかったはずだ。疑問に答えたのは、ヘラヘラと上機嫌に笑っている空橋だった。

「二村さんへの手土産のつもりで買ってたんだけど、あんなことになったからこのログハウスに置いたままにしていたのを思い出したんだよ。織家ちゃんも飲む？」

「あー……私、未成年なので。すみません」

やんわり断ると、空橋は「そっかー、残念」と自分のグラスにおかわりを注いだ。

「あまり飲み過ぎないでくださいね」

「大丈夫だって。俺、元ホストだよ？」

自信満々に言っているが、空橋の顔はすでに真っ赤になっていた。だが、顔に出やすいだけでほろ酔い程度なのかもしれない。彼が本当に酔っているのかいないのかを見極めることは、酒の味すら知らない織家には難しかった。

スーパーで買ってきた総菜をテーブルに並べていると、天木が「森の中で刺身か」と、総菜のうちの一品を見て呟《つぶや》いた。天木も酒を飲んでいるが、こちらは空橋と異なり普段通りの顔色である。別段酔っているという様子はなく、話し口調もいつも通りだ。

「三割引きだったんです。森でお刺身食べてもいいじゃないですか。それとも天木さん、お刺身苦手なんですか？」

「天然は好きではない。養殖なら食べるが」

「……それを言うなら、普通逆じゃないですか？」

魚に限った話ではないが、世間一般的に天然のものの方が高級で美味《おい》しいと好まれる傾向にある。舌が肥えているので天然ものしか食べないというならまだ納得できるが、養殖ものしか食べないというのは腑《ふ》に落ちない。

織家の疑問に、天木は日本酒に口をつけてから答えた。

「天然の魚なんて、海中で何をつついているかわかったものではない。人の水死体を食べて育った可能性も十分にある。それと比べれば、養殖魚は安心して食べられるだろう」

天然ものを嫌厭《けんえん》する理由は、どうやら味ではなかったようだ。

先ほどまであんなに美味しそうに見えていた刺身が、途端に得体の知れない謎の肉のように思えてくる。天木が天然の魚を嫌う理由は、確かに一理あった。せめて刺身を食べた後で訊《き》けばよかったと、織家は後悔する。

一方の空橋は慣れっこのようで、「出たよ、天木の屁理屈《へりくつ》」とぼやきながら平然と刺身を口に運んでいた。

◆

LDKの吹き抜けに設けられている高所の窓の向こうは、すっかり夜の帳《とばり》が下りている。三人でガヤガヤと盛り上がっていたおかげもあり、織家が特別恐怖を感じることはなかった。男たちの酒は進み、話は小難しい昨今の建設業界の事情から二人の大学時代のエピソードへと移っていく。

「織家ちゃんにも話したよね？　天木との出会いは、三年生の時に俺が天木をホストクラブに勧誘したのがきっかけだって」

「そうでしたね。言われてみれば、空橋さんは話し方もそれっぽいです」

「軽いってこと？　参ったなー」

織家の指摘に、空橋は明るく笑って見せた。

「不動産屋に行った時に思ったんですけど、空橋さんってお客さんに対しても変わらずそんな感じですよね。怒られたりしないんですか？」

「わかってないなぁ、織家ちゃん。契約を取る一番のコツは、お客さんと友達になること。敬語なんて使ってちゃあ、いつまで経っても距離は縮まらないって」

空橋の持論は、正直織家には理解しかねた。だが、現に自分もコーポ松風を契約するに至るまで持っていかれているので、彼の接客方法を否定することはできない。

「俺は昔から口が達者でさ、大抵のことは話術でどうにかできると考えているから、こういうやり方でやらせてもらってるんだ。先代のじいちゃんも、似たようなもんだったしね」

祖父のことを思い出したのか、語る空橋の顔は少し寂しそうに思えた。それも一瞬のことで、彼はすぐに笑顔を取り戻す。

「口の達者な俺は、加えてこの通り顔もいい。だから、大学当時はホストが天職だって思っていたんだ」

自分で自分の顔がいいなどと言える辺り、空橋はなかなか酔いが回っているようだった。ホスト時代は酒に強かったのかもしれないが、当時と今とでは体の仕組みが変わってしまっているのだろう。

「建築系の科に入ったのは、じいちゃんの不動産屋が好きだったから。元々営業職が向いてるとは思ってたから、どうせ売るなら飛び切りデカくて高いものの方がいいって気持ちもあって、とりあえずは大手の不動産会社に就職することを目標にしていた。でも、ホストで十分満足できる額が稼げることがわかったから、大学も中退しようかなーなんて考えていたんだ。そんな時、勤め先のホストクラブから誰かいい働き手がいないかと相談されて、構内で見つけた面のいい男が天木だったわけ」

「それで、天木さんには断られたんですよね」

「そうそう。俺がホストだと名乗って勧誘した途端に『嘘つきの仕事か』なんて言い残して去っていったんだよ。酷《ひど》くない？」

過去を懐かしむように語る空橋。天木は自分の絡むエピソードを話されるのが恥ずかしいのか、大きなソファーで横になり狸寝入りを決め込んでいるようだ。空橋の饒舌《じょうぜつ》は止まらない。

「最初は嘘つき呼ばわりされたことに腹が立った。確かに心にもない甘い言葉を吐くことはあるけれど、ホストが夢を売るには必要なことだ。いわゆる『ついてもいい嘘』だと思ってたんだよ。でも……嘘をつくことが癖になってしまったらと考えた時、はっとなった自分がいた」

稼ぐために嘘をつき続ければ、より稼ぐためにより大きな嘘をつくようになる。それを繰り返すものの未来は、どうなるだろうか。あいつは嘘つきだとばれたのなら、空橋が自身の長所として重宝してきた話術は何の意味も成さなくなるだろう。自分の個性を、自分で殺してしまうことになる。

そう考えると、空橋は現状が無性に怖くなったのだという。

「ホストの仕事は否定しないよ？　そこへ行くことで活力を貰える人が大勢いることは事実だからね。でも、俺は辞めることにしたよ。そんでもって、空いた時間で天木とよく遊ぶようになったって感じかな」

過去の話はお終《しま》いというように、空橋はコップに残っていた少量の日本酒を飲み干した。

大人になっても、ずっと付き合いの続く友人というのは素敵なものだ。そんな人を、自分も大学で見つけられるだろうか。そんなことを織家は考えていた。

話が終わっても、天木がソファーから身を起こす様子はない。織家は狸寝入りだと決めつけていたが、もしかすると本当に眠っているのかもしれない。

二人での会話を続けるにあたり、織家は気になっていたことを率直に尋ねてみる。

「空橋さんは、何でこのログハウスを自分で使おうと思わなかったんですか？」

希望者へ貸し出すと聞いた時、疑問に思ったが訊けずにいた。大好きな祖父が亡くなった場所だからという理由で納得できなくもないが、この場所にはマイナスな記憶だけでなく、いい思い出もしっかりと残っているはずだ。それに、空橋は天木によく事故物件の調査依頼を持ち込む張本人。事故物件に対する耐性は、人よりも強いはずである。

空橋はコップに酒を注ぎながら「ああ、そのことね」と酔いのせいで若干舌足らずになっている口調で話し始める。

「他の家族は、やっぱりじいちゃんが事故死した場所だってことが理由だろうけど、俺に関しては別の理由がある」

空橋は少し照れた様子で笑うと「俺、木目が苦手なんだ」と告白した。

「木目が苦手……ですか？」

「ほら。木目ってさ、何か顔に見えてくるじゃん？」

そう言われて、織家は納得する。小学生の頃、体育館の木の壁の一部が何となく犬の顔のように見えると、一時期校内で七不思議的な扱いになっていたことを思い出した。

「点が逆三角形上に三つ集まれば、人はそれを顔と認識してしまう。『シミュラクラ現象』と呼ばれるものだな。見聞きしたものを自分の知るものに置き換えてしまう『パレイドリア現象』も近しいものだが」

口を挟んできたのは、ソファーから身を起こした天木である。やはり寝たふりだったようだ。自称アンチだろうが、オカルトマニアなことに変わりはない。そんなマニアの血が、正式な名称を口に出さずにはいられなかったのだろう。空橋は「そう、それそれ」と、すっかり冷めてしまっている総菜の唐揚げを箸《はし》で摘《つ》まみながら頷《うなず》く。

「毎年、夏休みと冬休みには必ずここに連れて来られた。断ると、じいちゃんが悲しむことはわかってたからね。でも、どこを見ても木目だらけのこの家は、俺に言わせればそこらじゅうに顔があるようなもんだった。ずっと誰かに見られているような気がして、落ち着かないんだよ。――正直、今もそうなんだ」

空橋が日本酒に手を出したのは、どうやら恐怖を酔いで誤魔化す意図もあったようだ。話を聞いた後で周囲を見渡してみると、確かにどの木目も見ようによっては顔のように思えなくもない。

家中に張りつく、無数の顔。それは、想像すると恐ろしい光景だった。空橋は自身に霊感はないと言っていたが、子どもの頃はそういった感覚が大人より鋭いとはよく聞く。

このログハウスには、当時から何かがいたのだろうか。

◆

「空橋さん。ちょっといいですか？」

天木が風呂《ふろ》へ行き二人きりとなったリビングスペースで、織家はソファーに寝そべり夢の世界に片足を突っ込んでいる様子の空橋に話しかけた。点《つ》けっぱなしでほとんど観ていないテレビからは、どこかの工事現場で地下から大量の人骨が見つかったという気味の悪いニュースが流れている。

「なーに？」と、空橋は目を閉じたまま返事をした。

「空橋さんは、天木さんが独立後初めて設計した家の住所を知っていますか？」

尋ねたのは、中学生の頃に見学させてもらった、織家の進路の決め手となったあの家の所在地。

せっかく横浜へ越してきたのだから、外からだけでももう一度あの家を見たい。そう思い何度か探しているものの、どうしても見つけることができずにいた。

身を起こした空橋は、水を一杯飲むと酔いも醒《さ》めた様子でソファーに深く座り直す。

「織家ちゃんは、何で『白い家』が見たいの？」

「白い家？」

「ああ。あの家に天木が与えた建物名だよ」

芸術家が作品に名前を付けるのと同様に、建築士が意匠デザインを手がけた家に名前を付けることもある。確かに、記憶の中のあの家の外壁は生クリームのように真っ白だった。

「あの家は、私の憧《あこが》れの家なんです。白い家がなかったら、私は今頃建築とは無縁の生活を送っていたと思います」

「そっか……。場所って、天木には訊《き》いてみた？」

「はい。でも、なぜか教えてくれないんです」

「……なら、俺も教えるわけにはいかないよ」

「えっ？」

あっさり教えてもらえるものとばかり思っていた織家は、空橋の静かな返答に驚きを隠せない。ただ、外から見るだけだ。もちろん、家主に迷惑をかけるつもりはない。そんな当たり前のことは空橋も理解していると思うのだが、拒まれてしまった。

何か、教えることのできない特別な理由があるのだろうか。織家が言葉を紡ごうとしたところで、天木が風呂から戻ってくる。入れ違う形で、空橋は「次は俺が入るね」と逃げてしまった。

「どうかしたか？」

空橋の背中を眺めている織家に、天木が問う。織家は「何でもないです」と誤魔化すと、コップを摑《つか》み心のモヤモヤをオレンジジュースで流し込んだ。

◆

目が覚めた織家は、顔を上げて目を擦《こす》る。身を起こしたことにより、肩に掛けられていたタオルケットが床にするりと落ちた。少し目を瞑《つぶ》るだけのつもりでテーブルに突っ伏したのだが、どうやらそのまま眠ってしまっていたようだ。

リビングの明かりは消えているが、高所の窓から差し込む月明かりのおかげで室内の様子は思いの外よく見える。対面の席では——天木の顔だけが、まるで宙に浮かび上がっているかのように見えた。

「ひゃっ！」と声を上げると、薄明かりに照らされている天木の顔がこちらを見る。

「起きたか、織家くん」

よく目を凝らせば、天木にはきちんと胴体がついていた。彼の弄《いじ》っていたスマホの明かりが顔を照らしていたので、織家には一瞬青白い顔だけが浮いているように見えたのだ。

「脅かさないでくださいよ、もう」

「別に脅かす気はなかったのだが」

織家はテーブルの上に置いていた自分のスマホに手を伸ばす。時刻は、深夜の二時を過ぎた辺りだった。

「こんな時間に、何をしているんですか？」

「寝ずの番に決まっている。僕たちは遊びに来たのではない。このログハウスで起きている異常現象の調査に来ているのだ」

目的を思い出した織家は、そうだったと身震いする。一見素敵なこの別荘は、つい先日も怪我人を出している曰《いわ》くつき物件なのだ。飲み会のような雰囲気に流されて呑気《のんき》に寝落ちしていた自身の危機感の無さに、今更恥ずかしくなる。

「見張りは空橋と交代で行うから、君は寝ていていいぞ。だが、寝るのはリビングにしてくれ。一人きりになるべきではないからな」

天木の考えはもっともだった。男二人と雑魚寝《ざこね》というのは、女子大生としてはいささか危機感に欠けるかもしれないが。

「無論、君に変な真似はしないと約束しよう」

「もちろん、言われなくてもわかってます」

彼なりに、ここに泊まることが決まった時の織家の反応を気にしてくれていたようだ。どのみち、この家で個室に一人きりなど怖くて眠れるわけがない。

「ちょっと失礼しますね」

織家は立ち上がり、ドアへ向かう。その後ろを、天木は当然のようについてきた。

「……何ですか？」

「一人になるべきではないと言ったばかりだろう。僕もついていく」

「そうしたら、空橋さんが一人きりになりますよ？」

「それもそうだな。今起こすから、待っていてくれ」

空橋の寝るソファーに向かおうとした天木の腕を掴み止め、織家は小声で訴えた。

「お……お手洗いなんです。私一人で行きますから、ここで待っていてください！」

紳士的だと見直したばかりなのに。もう少し察してくれてもいいだろう。

「すまない。てっきり布団を取りに行くのかと思ったんだ。それでも、人一倍霊感の強い君は丑三《うしみ》つ時に一人になるべきではない」

そうは言っても、トイレの前で待たれるのはさすがに恥ずかしい。「いいから！」と無理矢理話を終わらせた織家は、一人でトイレへ向かった。

照明をつけてもなお薄暗い廊下の先に、洗面脱衣室のドアが見えた。トイレは、その中に配置されている。天木に忠告されたせいか、洗面脱衣室のドアを開けるのに思いの外勇気を必要とした。

洗面脱衣室に入りドアを閉じると、途端に心細くなった。ここには入浴やトイレの用で何度か入っているのに、今までとは空気が異なるように感じる。天木の言った丑三つ時の時間帯というのが関係しているのか。それとも、自分が気にしすぎなだけなのか。

だが、引き返して「やっぱりついて来て」などと今更言えるはずもない。怖くても尿意には勝てず、織家は覚悟を決めてほんの数歩先のトイレへ向かった。

こんな時に限って思い出されるのは、空橋の『木目が顔に見える』という話。織家はなるべく考えないよう努めたが、それは無理だった。床にも、壁にも、天井にも、どこを向いても必ず木目が視界に入ってしまうのだから。

一度意識してしまえば、後は泥沼のように錯覚に囚《とら》われ続ける。あの顔は笑っている。その顔は泣いている。この顔は叫んでいる。これまで単なる自然な模様として流していたどれもが、一人一人個性豊かな顔に見えて仕方がない。

「顔じゃない。顔じゃない……」

織家は繰り返し、自身にそう言い聞かせた。自分でも不思議なのである。雰囲気に呑《の》まれているとはいえ、何がそんなに怖いのか。トイレのドアノブを握る手が、なぜこんなにも震えているのか。ドアを開けるのと同時に、その理由に気がつく。

恐怖の正体は、顔に見える木目そのものではない。――そこから送られる視線なのだ。

「――ッ！」

開け放ったトイレに入ろうとした織家は、ドアの向こうの光景に戦慄《せんりつ》する。トイレの床からは、剣山の如く細く鋭利な枝が無数に突き出していたのである。もちろん、前にトイレへ行った時はこのような状態ではなかった。

思わず後退《あとじさ》った織家は、躓《つまず》いて尻餅《しりもち》をつく。震える足腰をどうにか動かし、四つん這《ば》いの恰好《かっこう》で廊下へ戻ろうとする。すると、フローリングの木目と――目があった。そこにあるのは単なる木の節ではなく、明らかに人の眼球だった。血走った白目の中心にある黒目が、織家へ視線を向けている。

「ひっ――ッ！」

仰《の》け反《ぞ》るようにそれから距離を取ると、洗面台に背中をぶつけた。今や、狭い洗面脱衣室内の至るところから視線を感じる。

四方八方に点在している『顔に見える木目』でしかなかったものが、男女の区別すらつかないものの、確かに目鼻口を有する人の顔と化していた。換気扇付近の天井から顔が見下ろしており、洗面台横の壁からも顔が横目で織家を睨《にら》んでいる。それらは皆一様に悲しげであり、口からは泣き声とも笑い声ともつかない声を上げている。

指先に嫌な感触を覚えて、織家は自分が右手を置いている床にゆっくりと目をやる。そこにもやはり、顔が出現していた。しかも他の顔とは異なり、その顔には見覚えがある。写真で見せてもらった、空橋の亡くなった祖父である育三郎だ。

指先の嫌な感触は、育三郎の眼球に織家の人差し指が意図せず食い込んでいたせいだった。眼球の僅《わず》かに湿った弾力のある感触に、体から熱が引いていくのを感じる。苦悶《くもん》の表情を浮かべる育三郎は「痛い痛い痛い」としゃがれた声で苦痛を訴えていた。

「――いやぁァッ!」

ここでようやく、織家の喉《のど》から悲鳴が飛び出した。

無我夢中で立ち上がろうと壁に手をついた途端、痛みが走る。咄嗟《とっさ》に手を引っ込めると、壁からは小さな棘《とげ》のようなものが突き出していた。刺さった左の手のひらから血が滲《にじ》み、床の上に数滴落ちる。それは――じゅるりと音を立てると、一瞬で床に吸収されて消えてしまった。

迫る命の危機に、心臓が急《せ》かすように脈打っている。笑っているのか泣いているのかわからなかった木目の顔たちが上げる声は、血を流す織家を見て明確な笑い声へと変化したような気がした。いち早く天木たちの下へ戻りたい織家は、飛びつくようにしてすぐそこにある廊下へのドアを開けた。

廊下へ転げ出た際にぶつけた右肘《みぎひじ》を押さえながら、織家はすぐに身を起こす。おそるおそる振り返ると、ありとあらゆる木目が顔と化しているという地獄のような光景はまだ消えてくれてはいなかった。

がむしゃらに、LDKへ続くドアに手を伸ばす。ほんの数歩の距離だ。しかし、ドアノブを摑む直前で織家は——仰け反るように手を引っ込めた。なぜなら、ドアの木目が顔に変わり、血走った目で織家を睨みつけたから。

バランスを崩した織家は、背中から倒れていく。痛みを覚悟し目を瞑ったが、その体が床にぶつかる既《すんで》のところで受け止められた。

「無事か、織家くん！」

その声に目を開けると、織家の体は天木により支えられていた。

「あっ、天木さん！」

「怪我は!?」

「なっ、何ともないです」

織家の返答を聞くと、天木は「よかった」と表情に安堵《あんど》を滲ませた。立ち上がった織家は、振り返ってゾッとする。

自分が倒れ込みそうになったフローリングから、鋭利な枝が突き出していたのだ。長さは十センチ以上あり、天木が受け止めてくれなかったら確実に体のどこかに刺さっていただろう。

「織家くん。ここで何があった？」

「——ああ、そうです！　顔！　顔がいっぱい出てきて……！」

しかし、織家が訴える頃になると無数の顔は単なる木目に戻っており、薄暗い廊下は元の静寂を取り戻していた。だが、この家が織家を襲った確かな痕跡《こんせき》は、木目から生えた枝という形で複数の箇所にしっかりと残されている。

天木と共に駆けつけてくれていたらしい空橋が、誰もいない空間に向かって叫ぶ。

「……じいちゃんなのか？　だったら、もうこんなことはやめてくれ！」

その言葉には、何の返答もない。

「天木、さん……」

強い恐怖から解放された安堵のせいだろうか。織家は、上手《うま》く話すことができなかった。

「織家くん。今は話さなくていい。無理をするな」

天木はそう言ったが、織家は制止を振り切って可能な限り声を上げた。

「逃げましょう……ここにいたら──私たちは、きっと殺されます」

◆

その後、三人はすぐにタクシーを呼び、荷物を纏《まと》めてログハウスを出た。空橋が繰り返し何度も謝罪していたが、憔悴《しょうすい》しきっていた織家の記憶は定かではない。

運転手に無理を言い、そのまま横浜まで送り届けてもらったのが早朝四時半のこと。

ようやく事務所へ帰ってきた織家は、自室のある二階に上がる気力もなく来客用の真っ赤なソファーに倒れ込んだ。

ちょうど日の出の時刻であり、白んだ空の優しい光がブラインド越しに差し込んでくる。夜の終わりにほっとしつつ、織家は仰向《あおむ》けに体勢を変えた。見上げる天井と自分との間に――一人の人物の顔が割って入る。

「……お母さん」

覗《のぞ》き込むような形で織家を見下ろしているのは、母の霊だった。彼女は時折娘の前に現れては、微笑みかけるだけで消えてしまう。織家が唯一、霊感があってよかったと思える存在である。

今日の母は、なぜかベージュのパジャマ姿という恰好で現れた。意思の疎通ができないことは理解しているので、織家は黙って母の顔を見つめ返している。

ふと、何か違和感を覚えた。見慣れた母の霊の顔は、いつもと変わらないはずなのに。その正体が何なのかを考えるには、心と体があまりにも疲れすぎていた。

母に見守られている安堵もあってか、織家の瞼《まぶた》は自分の意思に逆らってゆっくりと閉じていく。

「……おやすみ。お母さん」

そして、そのまま深い眠りへと落ちていった。

◆

カチカチと軽く響く変則的な音に、織家は夢の世界から戻ってくる。ソファーから身を起こすと、腹部にはスーツのジャケットが掛けられており、怪我をしていた左の手のひらには覚えのない絆創膏《ばんそうこう》が貼られていた。

母の霊の姿は、もうそこにはいない。もしかすると、母が現れたこと自体が織家の見た夢だったのかもしれない。

事務所の壁に掛けられた数字の書かれていないシンプルな時計に目をやると、時刻は昼の十二時頃を指していた。

またカチカチと音がしたので織家が振り返ると、ワイシャツ姿の天木が自分のデスクでパソコンに向かっていた。この音は、マウスのクリック音だったようである。

「おはよう」

織家が起きたことに気づくと、天木は手を止めて立ち上がり、給仕スペースの方へ向かった。こぽこぽとお湯を注ぐ音が聞こえ、程なくするとカップを二つ手にして戻ってくる。

「コーンスープだ。飲むと落ち着くぞ」

「……ありがとうございます」

スープに口をつけると、恐怖に打ちのめされていた体がゆっくりと力を取り戻していくような気がした。

「すまない」

天木は、その場で頭を下げる。いきなりのことに、織家はびくりと肩が跳ねてしまった。

「何ですか、いきなり」

「君を恐ろしい目に遭わせてしまった」

天木なりに、反省しているようだ。一歩間違えば、織家も二村と同様に病院送りだったかもしれない。それどころか、命を落としていた可能性もあるのだ。だが、織家は天木に対してそれほど怒りを感じてはいなかった。

「謝らないでください。嫌々言いながらも、最終的について行く判断を下したのは私自身です。天木さんは丑三《うしみ》つ時に一人きりになるべきではないと忠告してくれたのに、それを断ったのも私です。それに、天木さんは私を助けてくれたじゃないですか」

「僕が判断を誤ったことに変わりはない。まずは僕と空橋だけで下見をするべきだった」

「そんなことをしていたら、今頃二人とも大怪我で入院していたかもしれませんよ」

物理的に人を傷つけようとしてくる怪現象が相手では、霊感のない天木や空橋ではその敵意を感じ取ることすら難しい。今回は狙われたのが霊感持ちの織家だったからこそ、気配を敏感に察知してきちんと怯《おび》えることができた。怯えていれば、警戒し身構えることができる。それは決して悪いことではない。

「思い返すのも嫌な体験だっただろう。だが、話を聞かせてくれないか。それが空橋を、あの家を救う手掛かりになるかもしれないんだ」

頭を下げて懇願する天木を前に、織家は改めて思う。

霊を見ることすらできない彼が、こうまでして霊の絡む事故物件の問題を解決しようとする理由は、一体何なのだろうか。

わざわざ自ら危ない目に遭いに行くのも、寝る間を惜しんでオカルトを研究するのも、全ては事故物件に悩む家主のため。――それだけだとは、とても思えない。

「……織家くん。駄目だろうか？」

空橋の祖父が残した自慢の家が、得体の知れない無数の顔に侵食されている。それは悲しいことであり、織家もどうにかなるならば解決してあげたい。

そのための足掛かりとして自身の体験談が役に立つというのなら、天木の申し出を拒む理由はなかった。

◆

空橋の到着を待ってから、織家は昨晩の恐怖体験を二人に話し聞かせた。脳裏に蘇《よみがえ》る無数の顔や、耳に未《いま》だこびりついている泣き声や笑い声。そして、床に浮かび出た育三郎の顔のこと。時折言葉に詰まる場面もあったが、二人は急かすことなく最後まで静かに織家の一語一句に耳を傾けてくれていた。

「怖かったよね……ごめん」と詫《わ》びる空橋。一方で天木は、腕を組みこめかみの辺りを押えると「やはりそうか」と呟《つぶや》いた。彼なりの仮説は、すでに組み上がっていたらしい。

「少し待っていてくれ」

立ち上がると、天木は早足で二階へ続く階段を上っていく。十数秒で戻ってきた彼の片手には、一冊の分厚い本が摑《つか》まれていた。

「空橋。頼んでいたものは持ってきたか？」

「もちろん」

空橋は、重たそうな紙袋の中身をローテーブルの上に置いた。それは書類のようなものの束であり、変色した紙からはそれなりの年月を感じる。

天木はソファーに座ると、本を脇に置いてから資料を一枚ずつ順に捲《めく》っていく。彼の求めていたものは、二十センチほどは積み上がっている山の中ほどから見つかった。

「これだ」

三人が見下ろすその古めかしい紙には『販売管理票』と書かれていた。そこには、ログハウスに使われた材木が産地からどこの何という業者を経由して育三郎の下へ行き着いたのかが書かれている。

あのログハウスは、育三郎の拘《こだわ》りにより全て同じ産地のヒノキが使われていると空橋は言っていた。織家が何枚かある書類を一枚ずつ確認すると、確かに出荷元は全て○県×市の同じ木材業者となっている。

「実は先ほど、ネット上の過去の新聞が閲覧できるデータベースでこれを見ていたんだ」

天木が複合機から排出されていたA4サイズの紙を手に取り、ローテーブルの上に置く。そこには、インクの滲《にじ》んだ読みにくい文字で書かれた新聞記事が印刷されていた。

山中にて、大量の人骨見つかる。

今月未明、〇県×市内の山林で重機による作業を行っていた林業関係者から、警察へ土の下から大量の人骨が出てきたとの通報があった。人骨は、少なくとも百人分以上あるとみられている。この辺りが昔は鉱山であり、大規模な崩落事故の記録も残っていることから、警察は当時の犠牲者の遺骨ではないかとみて捜査を進めている。

ニュースの日付は、今から約五年前。織家が既視感を覚えたのは、昨日ログハウスのテレビでどこかの工事現場から人の骨が見つかったというニュースを観ていたからだった。

「ずっと考えていたんだ。あのログハウスの怪異の根源は何なのかを。この新聞記事で、一つ思い当たる節ができた」

天木が取り出したのは、先ほど二階から持ってきた分厚い本だった。パラパラと捲り目的の項目を見つけると、二人の方へ差し出す。

その本は、妖怪《ようかい》の事典。天木の指さすところには、『樹木子《じゅぼっこ》』という妖怪が掲載されていた。

「じゅぼっこ？」と、空橋がその少しコミカルな名前を口にする。天木は小さく頷《うなず》いた。

「樹木子とは、読んで字の如く木の妖怪だ。樹木子となる条件は死人の血を吸うこととされており、血の味を覚えた樹木子は人間を襲うようになると言われている」

「ちっ、ちょっと待ってください！」

いきなり妖怪と言われても、すぐに受け入れられるわけがない。織家は困惑の表情を浮かべながら、ログハウスで聞いた天木の変な拘りを思い出していた。

天然の魚は食べない。人の水死体をつついている可能性もゼロではないから。

野生の生き物が食卓へ並ぶにあたり、何を食べてここまで立派に育ったのかなど誰も知る術《すべ》がない。それは、建材に使われた木についても同じことが言えるのではないだろうか。

その木の下に何が埋まっているかなど、掘るまで誰にもわからないのだから。

空橋が問う。

「つまり、天木はこう言いたいのか？　じいちゃんのログハウスに使われてる材木は、その新聞に載っている犠牲者の血肉を少なからず糧にして育った木。——即ち、樹木子だと」

その解釈を肯定するように、天木は静かに目を瞑《つぶ》った。

受け入れがたい、正体が妖怪だという天木の仮説。しかしながら。ログハウスで起きている出来事はこの樹木子の持つ特徴と酷似している。

人が通るところや倒れる先に鋭利な枝を突き出すのは、人に血を流させるため。二村の多量の出血が跡形もなく消えてしまったのは、ログハウスが木の繊維からそれを吸い込んだから。築年数の割にログハウスが若々しく見えたのは、三年前に育三郎の血を大量に吸っていたからなのかもしれない。

織家ははっとなり、自身の左の手のひらに貼られた絆創膏《ばんそうこう》を見る。

「私、ここを怪我した時に血が数滴垂れたんです。その血が、フローリングに一瞬で吸われるのを見ました！」

「それ、俺も経験があるかも！」

たった今思い出が色濃く蘇ったというように、空橋が声を上げる。

「子どもの頃、ログハウスの台所で料理を手伝っている時に包丁で指先を切ったことがあったんだよ。その時零《こぼ》れた血が、目を離した隙に消えてしまったことがあった！」

二人の体験を聞くことで、天木の中で仮説がいっそう確信に近づいたようだった。

「織家くんの見た顔は全て、ログハウスが血を吸った死者たちの顔なのだろう」

育三郎の顔が現れたのは、そういうことだったのだろうか。他の顔に比べて育三郎の顔だけがやたらはっきりとしていた理由は、もっとも近い時期に血を吸った死者の顔だったからなのかもしれない。

「空橋。育三郎さんの事故の時は、今回のように枝が突き刺さっていたということはなかったか？」

「それはなかった。俺も現地に行ったから間違いない」

「ならば、育三郎さんの件は樹木子に関係なく不運な事故だったのだろう。問題は、落下により生じた頭からの出血。同じ産地で伐採された樹木子が一棟の建物となり、久々に大量の人間の血を味わったことで、完全に妖怪として目覚めてしまったのかもしれない」

推測の域は出ないが、以上が奇怪なログハウスに対する天木の結論だった。しかし——。

「……じゃあ、どうすればあの別荘から樹木子を取り除けるんですか？」

狙った場所に鋭利な枝を生やし、無数の顔を至る所に出現させたことから考えても、樹木子と化しているのは家全体である。残念ながら、一部を取り除くことでどうにかできる問題ではない。

では、除霊はどうだろうかと織家は考えたが、無意味だとすぐにわかった。樹木子は、霊というより自我を持った植物と言ってもいい。祓《はら》うも何も、あれは霊と呼べる存在からは逸脱している。

——まさしく、妖怪と呼ぶに相応《ふさわ》しい。

織家の質問に、天木は何も答えなかった。彼の落ち込んだような表情から、心の内を察するのは難しくない。

原因を解明することと問題を解決することは、オカルトにおいて必ずしも直結しない。寧《むし》ろ、知ったところでどうしようもないと途方に暮れる方が多いと言っても過言ではないだろう。

相手は人の常識から外れた存在である。壁を透過し、宙に浮き、突然現れては消えたりする。そんな相手に、有効な対策を講じることのできるケースの方が珍しい。

コーポ松風の一件は、霊の目的が大家である新田への復讐《ふくしゅう》であったから、その後押しをすることで織家にとっての解決に至った。だが、今回の樹木子は違う。あの家は物理的な体を持ち、人の捕食そのものを目的に行動している。

人の味を覚えてしまったヒグマのような存在とでも言おうか。こうなってしまっては──殺す以外に、道はない。

「……解体するよ」

静かに、空橋は自身の決意を口にした。歯を食いしばる様子からは、彼の無念がひしひしと伝わってくる。

「力になれずすまない、空橋」

「謝るなよ、天木。俺も事故物件取り扱ってんだから、こういう結末も覚悟はしていたよ。織家ちゃんも、ありがとね」

礼を言われて、織家は肩を竦《すく》めた。自分はただ、怖がっただけ。礼を言われるほどのことは何もしていないのだから。

◆

それから僅《わず》か一週間後に、空橋はログハウスの解体を実行に移した。決意が揺るがないうちにという気持ちもあったのだろう。

手作業の解体では、また二村のような怪我人が出かねない。周囲は別荘が点在しているだけということもあり、解体作業は重機を使って外部から一気に崩すことになった。

せめて最後を見届けようと、天木と織家は解体現場を離れたところから見守っていた。空橋は、ログハウスの近くで作業員と話をしている。

「織家くん。君まで来る必要はなかったんだぞ」

「何と言いますか……まあ、乗りかかった船ですよ」

あれだけの恐怖体験をしたのだ。この場所へ戻るのに、抵抗がなかったと言えば嘘になる。それでも織家は、天木と共に自らここへ来ることを望んだ。

「……何か、解体作業ってちょっと悲しいですね」

織家をこの場所まで連れてきた気持ちは、その無念さだった。たとえ事故物件でも、そこが誰かにとっての大切な家であることに変わりはない。空橋の大切な場所を守るために、自分は何もできなかった。

おそらく、天木はこんな思いを何度も経験しているのだろう。そのたびにこんな気持ちになるのが嫌だから、こんな悲しい物件を出さなくて済むようにするために、彼はオカルトを追究しているのかもしれない。

「このバイトが嫌になったか？」

天木は、トーンの低い探るような声で織家に問いかける。

「それは……やっぱり、嫌ですよ。最初から怖いのは嫌だって言ってますし」

でも、と織家は言葉を続ける。

「心配しなくても、約束した三か月間は辞めませんよ。私だって、未熟でも建築士志望なんです。空橋さんの大切な家をどうすることもできなかったのは、悔しいんですから」

織家の率直な気持ちを聞いた天木は、解体現場の方を見たまま「そうか」とだけ呟《つぶや》いた。

――異変が起きたのは、そんなタイミングだった。

聞こえてくるのは、作業員の悲鳴。大の男たちが、情けない声を上げながらこちらに向かって逃げてくる。二人の脇を駆け抜けていくうちの一人を捕まえて、天木が尋ねた。

「何があった!?」

「んなもん、こっちが訊《き》きてぇよ！」

天木の手を振り解《ほど》いた若い男の顔には――血のようなものが付着していた。現場の方へ駆け出した天木を見て、織家も後を追う。

「……マジかよ」

一部が崩壊したログハウスを見上げて、空橋が呆然《ぼうぜん》とそう呟いていた。空橋に合流した天木と織家も、目前の光景に堪《たま》らず言葉を失う。

崩れた家の至るところに見られるのは、細く赤い根のようなもの。それは、材木同士を繋《つな》ぐように家中に張り巡らされていた。当然、ログハウスを作るうえでこんな材料が使用されることはない。

この根のようなもののおかげでかろうじてぶら下がっていた丸太が、音を立てて落下する。引き千切られた根からは――赤い液体が滴っていた。

現場は、この根から出たと思われる血のような液体で真っ赤に染まっていた。作業員が逃げ出すのも、無理のない状況である。

「……まるで、血管のようだ」

半壊のログハウスを繋ぎ合わせるように広がる赤い根を見て、天木はぼそりとそう零す。それは、妖怪《ようかい》と形容するに相応しい数奇な家の、凄絶な死に様だった。

◆

日本では、未《いま》だに意外な場所から人骨が出てくることがままある。ならば、密《ひそ》かに人の血を吸い育った木を製材したものは、まだ必ずどこかに出回っているはずだ。

それらが樹木子として目覚めるのは、時間の問題なのかもしれない。

第三話　望まぬ同居人

その子は、ずっとそこにいた。

なぜならその場所は、その子の家なのだから。

両親と暮らす、幸せな日々。だが、気がつけば母親がいなくなり、父親もいなくなり、その子は一人ぼっちになってしまった。

一人は寂しい。それでも、その子には他に行くところがない。だから、暗く狭いその場所で、待ち人が帰ってくることを祈るしかできなかった。

そんなある日、家に誰かが尋ねてきた。きっと彼が帰って来たのだと、その子は元気よく二階から駆け下りる。だが――。

◆

雨の日は、自《おの》ずと気分も沈むものである。

神奈川県の梅雨入りが宣言されたのはつい先週のことであり、その天気予報の通りに今朝から穏やかな雨が降り続いている。織家は大学で必修科目である英語の講義を受けながら、時折ぼんやりと窓の外に広がる灰色の雲を眺めていた。

講師の話す癖のある英文を右から左へ聞き流しながら、織家が思い出していたのはログハウスでの空橋とのやり取りだった。

織家がこの大学へ進学するきっかけとなった、天木が独立後初めて設計した『白い家』。その家をもう一度見たいが、記憶を辿《たど》っても見つけることができない。だから住所を知っていたら教えてほしいと空橋に頼んだのだが、彼は答えてくれなかった。

天木も空橋も、なぜ教えてくれないのだろう。何か織家には教えたくない事情があるのだろうか。講義を聞いているふりを続けながら、思考を巡らせてみる。

単純に、個人情報の取扱いに責任を持っているから口を堅くしているのか。それとも、織家が外観だけで満足せず中も見せてくれと家主に頼み込み迷惑をかけると思われているのだろうか。

いや、それらよりも真っ先に思いつく事情に心当たりがある。それは——あの白い家が、事故物件になっているから教えたくないという可能性だ。

自分で考えておきながら、嫌な発想である。できれば、外れていてほしい。だが、一度脳裏を過《よぎ》ってしまった不安はなかなか消えてはくれず、織家の心をそわそわとさせる。調べてみたいが、肝心の住所がわからないのでは調べようもない。

「——あ」

小さく声を発してしまい、織家は自分の口を両手で塞《ふさ》ぐ。隣に座る知らない男子学生から視線を向けられたが、喉《のど》の調子が悪いふりで誤魔化した。

織家は、調べることのできそうな方法を思いついたのだ。トートバッグからスマホを取り出すと、講師にバレないよう机の下で操作する。ネットに繋ぎ開いたページは、事故物件の情報サイト。下部には、新発売らしい缶ビールのバナー広告が表示されている。開かれた横浜市の地図には、至る所に事故物件であることを表す炎のマークが灯《とも》っていた。人が集まる都市部は、自ずと事件や事故の件数が多くなるものである。

織家が記憶上この辺りのはずという部分を拡大していくと、炎の数は徐々に減り、目星をつけている住宅地内において、灯っている炎はたったの一つだけだった。

おそらく、ここが白い家だ。織家はそう確信して、おそるおそる炎のマークをタップする。表示された事故物件の内容は——『不明』となっていた。

◆

「ただいまー」

大学を終えて、織家は自宅兼職場である天木建築設計の事務所に帰ってきた。玄関を開けると同時に自然とそんな言葉が出てしまい、すっかりここでの暮らしに馴染《なじ》んでしまったことを実感する。

「おかえり」と返したのは、もちろん天木。しかし、事務所内にいるのは彼だけではない。そこには、見慣れた顔である空橋に加えてさらにもう一人、知らない男性の姿があった。来客用の赤いソファーで対面しているところを見る限り、打ち合わせ中だったようである。

「あっ、すみません！　お客様がいるとは知らず……アルバイトの織家です」

織家が顔を赤くしながら頭を下げると、見知らぬ男性は座ったまま会釈をした。

「よかったよ織家ちゃん。ちょうど今から話し始めるところだったから、こっち来て座って」

客と思《おぼ》しき男性の前でも、変わらず軽い口調のままの空橋が、織家を手招きした。三人掛けのソファーは空橋とその男性が使用しているので、織家は空いている天木の隣の一人掛けのソファーに腰を下ろす。帰ったらすぐ天木に白い家について尋ねるつもりだったのだが、出端《でばな》を挫《くじ》かれてしまった。

状況から察するに、また事故物件調査の依頼が来てしまったのだろう。となれば、空橋の隣の男性は、今回の依頼者と思われる。

「改めまして、川上《かわかみ》と申します」

そう名乗り、彼は頭を下げた。歳は四十代くらいで、何かスポーツでもしているのか、Tシャツ一枚というラフな恰好《かっこう》の細身な体はなかなか引き締まっているように見えた。

顔を上げた川上は、年相応の皺《しわ》を目尻《めじり》に寄せて笑顔を作る。

「空橋さんから、妙な現象が起こる家の調査を引き受けてくれる建築士の方を紹介していただけるとは聞いていましたが、あの有名な天木さんだったとは驚きです！」

喜ぶ川上に、天木は「恐縮です」と大学の講義でも見せていた人当たりのいい笑顔で応《こた》えた。

　天木は建築系の雑誌に設計した家が取り上げられたことをきっかけに、そのデザインセンスはもちろんのこと、ルックスの良さ、両親が有名人であることなどが知られて以降、一時期ファッション誌やテレビ番組などにも出ていた時期があった。当時は、織家も夢中でチェックしたものである。なので、こうして天木を知っている人に出会うことは決して珍しくない。

「オカルトは専門外なのですが、友人である空橋の頼みなので。怪現象の正体が建築的な問題だったというのは珍しくもない話ですし、全力を尽くさせていただきます」

　この白々しい天木の台詞《せりふ》は、あくまで頼まれて仕方なくという部分を強調するためのもの。表の煌《きら》びやかなイメージを維持するために、彼はオカルトと聞けば脇目もふらず飛び込む本性を隠しているのだ。

　依頼者側としても、いきなりお祓《はら》いや除霊を試みるよりは、建築物の欠陥という可能性を前提に考える建築士に見てもらう方が気が楽なのかもしれない。

　川上は咳払《せきばら》いを一つ挟むと、「では、早速」と依頼内容について話し始める。

「私は現在東京で働いているのですが、実家は横浜の郊外にあります。ご相談したいのは、その実家に関することでして。率直に申し上げますと……出るんです」

　これまでの流れから察すれば、何が出るのかは聞くまでもない。

「私の実家は古い木造の一軒家なんですが、両親が三年前に思い切ってフルリフォームしたんです。一度骨組みにまで解体してから全てをやり直したので、外観も内観も間取りも全く別の家に生まれ変わりました」

川上が自身のスマホで見せたのは、古き良き日本家屋の情緒も残しながら、モノトーンの組み合わせの外壁や玄関横の大きな丸窓などで和モダンの雰囲気に仕上がっている平屋建ての写真だった。確かに、川上の言う通りまだ新しく見える。

「素敵な終《つい》の住処《すみか》に仕上がったと両親は喜んでいたんですが、皮肉なことに完成して間もなく母に病気が見つかり、僅《わず》か半年ほどで亡くなってしまいました。父はそれから生活が荒れてしまい、酒浸りの毎日。歳も歳だったので、そんな日々が体にいいわけもなく……ある日、母の後を追うように家の中でひっそりと亡くなっていました。それが、今から約一年前のことです」

つまり、フルリフォームされた川上邸は完成後僅か二年で家主を失ってしまったということになる。川上は両親のことを思い出したからなのか、その表情に暗い影を落としている。

「実家は、一人息子の私が相続しました。ですが、お話しした通り私は現在東京で働いておりまして、妻と中学生になる息子もいます。両親の残した実家に住みたい気持ちがないわけではないのですが、今の会社に通うには少し距離がありますし、妻や息子の生活環境を私の独断で変えてしまうことにも抵抗があります」

「決断の難しいところですね」

天木が親身に同調すると、それが嬉《うれ》しかったのか川上は僅かに笑みを見せた。

「見た目はすっかり変わってしまいましたが、あの家は私が生まれ育った家なんです。このまま放置し続けて朽ちていく一方というのは、あまりにも悲しい。それに、空き家だろうと所有しているだけで固定資産税や火災保険料などもかかってきます。このまま住めないのであれば、いっそ必要な誰かに譲ろうと思い、黒猫不動産さんに相談を持ちかけたんですよ」

それが、川上と空橋との出会いということだった。川上の実家に対する思いを聞き、織家は一人俯《うつむ》いている。

その気持ちが、わかるとは言えなかった。織家にとって実家とは、現状決して帰りたいと思える場所ではないから。父と仲違《なかたが》いしているというのも、もちろん理由の一つではある。だが、父との仲が良好だったとしても、織家はおそらく実家に自ら戻ろうとはしないだろう。

なぜなら、あの家は――とても気味が悪いのだ。

「それで、僕に相談したい内容とは？」

天木から川上への問いかけで、織家は顔を上げる。今は思考の世界に引き込まれている場合ではない。事故物件調査は気が進まないが、仕事は仕事である。それに、三か月間はやり切ると決めたのは自分自身だ。

きちんと川上の話を聞こうと、織家は姿勢を正してソファーに座り直した。

川上は、ローテーブルに出されていたアイスコーヒーに口をつけると、いよいよ本題へと移る。

「……実家の天井裏から、走り回るような物音や子どもの笑い声のようなものが聞こえてくるんです」

待っていたオカルト話が始まり、天木は若干前のめりになった。

「子どもの霊……ですか。ご両親の霊というのであれば、わからなくはないのですが」

「といいますか、その現象は両親が健在の頃から起きていたんです。私も自宅療養していた母の見舞いで実家に寄ったり、酒に溺《おぼ》れる父を心配して一晩泊まるということもあったので、何度かその現象に遭遇したことがあるんですよ」

川上の話の内容に、織家と空橋はまるで鏡合わせのように揃って首を捻《ひね》った。二人の頭に浮かんだ疑問を、天木が代弁するかように尋ねていく。

「その現象は、リフォームする以前から起きていたんですか？」

「いいえ。リフォーム後からですね」

「その子どもの正体に、心当たりは？」

「まったくないです。少なくとも、私に幼くして亡くなった兄弟がいたとか、母に流産の経験があるとか、そういった話を聞いたことはありません」

きっぱりと否定した後で、川上は急に思い出したかのように「でも」と付け加える。

「その子どもの声は……なぜかとても懐かしいように思えるんですよね」

フルリフォーム後から実家に現れる、接点の思いつかない子どもの霊。そんな得体のしれないものが出没する状態では、誰かに売却してもトラブルに繋《つな》がりかねない。

天木は「わかりました」と頷《うなず》くと、勢いよく立ち上がった。

「早速、今夜にでも現地で調査を行いましょう！」

やる気に満ちた提案に、川上は面食らったようにポカンとしている。空《あき》橋に頼まれて仕方なく請け負っているという嘘を隠す気があるのだろうかと、織家は呆れ顔で天木を見上げた。

「こ、今夜ですか？　私は構いませんが……」

「では、決まりですね」

「悪い天木。俺は会食があって無理なんだ」

片手を上げた空橋が、申し訳なさそうに同行を辞退する。天木が「仕方ないな」と零《こぼ》すのを見て、織家もここぞとばかりに挙手した。

「天木さん。私も明日《あした》提出のレポートが」

「よし、では三人で決行しましょう」

急遽《きゅうきょ》でっち上げた用事を遮られ、今夜の事故物件調査の頭数に有無を言わさず織家が追加される。最初から無駄なことはわかっていた。言ってみただけである。

話を聞く限りでは、物音を出すだけの子どもの霊。少なくとも、樹木子の時ほど怖い目に遭うことはないはずだ。

◆

夜も深まった午後九時頃。川上邸へ向かうため、織家と天木は事務所を出た。梅雨の雨は夜も晴れず、日中と変わらず地面を濡《ぬ》らし続けている。

「電車で行くんですか？　それとも、タクシーですか？」

「どちらでもない。ついて来てくれ」

天木は敷地の外周から回り込むようにして、事務所の裏手に繋がっている狭い車道に出た。そこで初めて、織家は事務所がビルとビルの隙間だけでなくまともな道とも接していたことを知った。

もっとも、事務所の裏側はシャッター付きの錆《さ》びた倉庫のようにしか見えない外観なので、ここが売れっ子建築士の事務所だと気づく者はいないだろうが。

天木が手動のシャッターを開けると、織家は「わぁ！」と驚きの声を漏らした。中には、丸みを帯びたレトロな形が可愛らしい、光沢のある真っ赤な色をしたフォルクスワーゲンのビートルが鎮座していた。社用車らしく、運転席と助手席のドアの側面には社名の頭文字である『ＡＫＳ』を象《かたど》ったロゴマークに加えて、明朝体で『天木建築設計』と書かれている。

「車があったんですね。全然気がつきませんでした」

そういえば、空橋が前に天木の車でスナック菓子を食べたら怒られたというようなことを話していた気がする。

「まあ、あまり乗ることもないからな。織家くん、免許は持っているか？」

織家が首を横に振ったので、天木が運転席に座り、織家は助手席に乗り込んだ。年式が古いせいか少し大きめのエンジン音を上げながら、真っ赤なビートルは川上邸へ向けて夜の街を走り出した。

流れゆく雨に濡れた街並みを眺めながら、織家は視線をさりげなく運転席の天木に向ける。ハンドルを握る真剣な顔つきは、普段よりも少しかっこよく見えた。見慣れたせいか最近は忘れがちだが、彼はとても容姿が整っている。特別講義のポスターをアパートに飾り見惚《みと》れていた日々が、今や遠い昔のことのように思えた。

車を走らせること、約三十分。川上邸へ近づくにつれて建物は少なくなっていき、到着したのはずいぶんと長閑《のどか》な場所だった。敷地内に車を乗り入れると、写真で見たものと同じ平屋建ての建物がヘッドライトに照らし出される。

二人はそれぞれ持参した傘を差し、天木が持ってきた懐中電灯に明かりを灯《とも》す。他に車は停まっていないので、川上はまだ来ていないようだ。当然ながら家の窓にも照明の光が漏れているような箇所はなく、川上邸は静かにその身を夜の雨に打たれている。

何も知らなければ何とも思わないだろうが、霊が出るということを知ったうえで見ると、どうしても恐ろしい建物のように思えた。

「川上さんはまだのようだな。先に外周を一通り見させてもらおう」

「わかりました」

懐中電灯を持つ天木が、先導して歩き出す。織家もスマホにライトを灯して、彼の後に続いた。

川上邸の外周には玉砂利が敷かれているようで、一歩踏み締めるたびにジャリジャリと丸い石の擦《こす》れる音が響く。景観と防犯に加えて、防草の役割も担える。そういったメリットから採用したのだろう。

「それにしても、周りに何もないですね」

川上邸は、三方を雑木林に囲まれるようにして立っている。隣に古い民家も見えるが、倒壊しかけの廃墟《はいきょ》であることはライトを当てただけでも見て取れた。

「数軒隣になるが、ご近所さんがいないというわけでもない。このくらい離れていた方が、いろいろと気を遣わずに済む分気が楽かもしれないな」

そんな会話を交わしながら、二人は北側まで回り込む。骨組み以外を一新したフルリフォームからまだ三年ということもあって、外観が新築同様に綺麗《きれい》であることは暗い中でも十分に理解できた。

「見てごらん、織家くん」

天木が懐中電灯の光を当てた辺りには、かなり低い位置に取りつけられた幅七十センチ×高さ四十センチほどの引き違い窓があった。カーテンのような日隠しはなく、窓ガラスも透明なのでそこから少し中の様子を窺《うかが》うことができる。

「ずいぶんと低い位置に窓がついてますね」

「それは地窓《じまど》だ。人目を気にせず植栽の緑や日光を取り入れるために、和室や玄関、変わったところではトイレなどに採用されることがある」

「でも、窓の向こうに荷物が見えるので、この部屋は物置っぽいですね」

「どこに地窓を採用するかは、施主や設計者の自由だろう。なぜこの位置に設けたのかは、中に入ればわかるはずだ。というか、僕が注目してほしいのは地窓ではない」

訂正するように、天木はライトの光を少し下げる。照らし出されたのは、地窓の真下に位置する基礎部分だ。そこにはコンクリートブロック一つ分ほどの大きさの四角い穴が開いており、小動物などが入り込まないようアルミ製の格子材が嵌《は》め込まれていた。

「この穴は何ですか？」

「床下の換気口だ。今は外観上目立たず、かつ鼠や虫などがより入りにくい形で床下の通気を確保できる施工方法に切り替わっているが、昔はこうして部分的に基礎をくり抜いていたんだ」

言われてみると、他にも同じくらいの大きさの穴が等間隔で基礎に設けられている。

「骨組み以外にも、ちゃんと昔の家の名残が残っている部分があるんですね」

「いくら綺麗な方がいいと言っても、思い出の詰まった家の面影が一切なくなるというのは寂しいだろう。この基礎の換気口は、敢《あ》えてそのままにしたのかもしれないな」

建築士の視点から推測を披露する天木は、前触れなくぱっと身を起こすと、懐中電灯を地窓の左側に向けた。しかし、そこには内側からカーテンが閉められている高さ一メートルほどの別の引き違い窓があるだけである。

「なっ、何ですか急に⁉」

「いや……気のせいのようだ」

そうは言いつつも、険しい表情のまま天木はライトを下げる。勘弁してもらいたいと、織家はドキドキと脈打つ心臓を押えていた。天木に霊感がないことはわかっているが、本当にただの気のせいなのだろうか。

不安に駆られているところへ、車の走る音が近づいてくる。どうやら、川上が到着したようだった。

◆

「前回来たのは二か月以上前でして。埃《ほこり》が溜《た》まっていたら、すみません」

そう前置きをしてから、川上が引き違いの玄関戸を解錠する。中に入ると、湿気を含むジメジメとした空気が三人の横を抜けていった。

川上は、車から下ろした背の低い脚立を使って真っ先に玄関の上部にあるブレーカーを上げた。カチリと音が鳴るのを確認してから天木がスイッチを押すと、玄関に電球色の暖かな明かりが灯る。

「電気は止めてないんですね」と、天木は少し眩《まぶ》しそうに目を細めつつ確認した。

「はい。水道も止めていません。掃除するのに、水も電気も必要ですから。一度止めてしまうと手続きが面倒ですし、それに……ライフラインを絶ってしまえば、いよいよ朽ちていくだけのような気がして」

電気も水道も、人が暮らすうえでなくてはならないものだ。それらを止めてしまうことは、人体にたとえれば血流を止めることにも等しい。川上は、それが嫌だったようである。

三人は玄関框《かまち》を上がりすぐの引き戸を開けて電気を点《つ》ける。そこには、二十畳ほどの広さのＬＤＫが広がっていた。使い勝手のいい長方形で、一番奥にペンダントライトを二つぶら下げた対面キッチンがある。

キッチン正面には丸いダイニングテーブルがあり、一番手前には重みのありそうな石天板のローテーブルを脚が長めの三人掛けのソファー一脚と一人掛けのソファー二脚で挟み込んだ、応接間のような家具の配置がされている。このソファーからもダイニングテーブルからもよく見える位置に、壁掛けのテレビが設置されていた。

家財道具がほぼ手つかずで置かれているからなのか、織家には不思議とまだこの家で暮らしている人の息遣いのようなものが感じられる気がした。

「汚くてすみません」

川上が謝るのは、失礼ながら無理もない。家具や床に埃が溜まっているということはないのだが、LDKはいかにもまだ掃除の途中といった状況で、至る所にゴミ袋が広げられたまま置かれている。

織家が覗《のぞ》いてみると、中には潰《つぶ》されたアルコール類の空き缶が大量に詰まっていた。

川上は母の死後に父が酒に溺《おぼ》れていたと言っていたので、その当時のものなのだろう。

ここまで大量にあると、掃除する前の状況がいかに悲惨だったのかは想像に難くない。

「資源ゴミの回収日に合わせてここへ来るのはなかなか難しくて、捨てるに捨てられないんですよね」

まだ父が他界して一年しか経っていないのだ。県外に住む身で、そうそう片付けに来られるはずもない。掃除を進めてもゴミの廃棄が後回しになってしまうのは、仕方のないことだろう。

「……あれ？」

何かが落ちていることに気づいた織家は、ダイニングテーブルの下に手を伸ばす。摑《つか》み取ったのは、ビールの空き缶だった。未成年の織家でも、ビールとしては珍しい青いパッケージには見覚えがあった。

「まだ転がっていましたか。落ちていたものは全部回収したつもりだったんですが」

川上は織家の手から申し訳なさそうにそれを受け取ると、潰してゴミ袋の中に放り込んだ。

「さあ、これからどうしましょうか？　都合よく怪現象が起こるとも限りませんし」

川上の疑問はもっともだった。事故物件調査の手順など、理解している方がおかしい。

困った様子の川上へ、天木は「とりあえず、家全体を見て回らせてください」と頼んだ。

家主の許可を得た天木がまず向かったのは、キッチン。川上の母がリフォーム完成後早々に体調を崩して亡くなったからなのか、川上が入念に掃除をしたからなのかはわからないが、人造大理石のシンクはまるで新品のように綺麗だった。

天木はキッチンの扉を片っ端から開き、調理道具や調味料などが入ったままになっている手つかずの中身を確認している。あまりに真剣にチェックしているので、織家は尋ねてみた。

「キッチンに、何か怪しいところがあるんですか？」

「いや、あまり使わないキッチンメーカーの品だったものだから、少し気になってな」

「もう。真面目にやってくださいよ」

「川上さん。少し失礼します」

怒る織家をスルーして、天木は川上に断りを入れてからスマホを取り出す。メッセージか何かが入っていたようで、少し距離を取ると電話をかけた。

「すまん空橋。今送ってくれた件だが、午後に変更になったそうだ」

電話の相手は、空橋のようだった。それだけ伝えると、天木は通話を切り二人の下へと戻り「すみません。急ぎの連絡事項があったものでして」と川上に謝罪した。

三人は家の中の探索を再開する。八畳ある夫婦の寝室に、ゲスト用の六畳の洋室。加えて、洗面脱衣室に浴室、そしてトイレ。見る場所はさほど多くない、コンパクトに纏《まと》められた2LDKという間取りのようだ。どの部屋にもまだかつての暮らしの名残があり、しんと静まり返っているせいもあるのか、どこか物悲しさが感じられた。

天木は、各部屋を確認しながら川上に尋ねる。

「天井裏から聞こえる物音や子どもの声には、リフォーム後から悩まされているんでしたね？」

「はい。最初は信じていなかったんですが、実際に私の耳にも聞こえまして……。駄目元でお経でも上げてもらわないかと提案したんですが、父も母も『このままでいい』と言って聞かなかったんですよ」

語る川上は、困ったように肩を竦《すく》めていた。

三人は、川上邸の最後の一室であるウォークインクローゼットに辿《たど》り着く。広さは一坪ほどで、見覚えのある小さな引き違いの地窓がある。ここが外周の北側から見た、古い床下換気口の真上に位置する部屋なのだろう。

地窓の上には、可動式の棚が何段も並べられている。これこそが窓を地窓にした理由のようだ。棚と棚の間に窓を作るよりは、地窓の方が開け閉めは容易だろう。

さらに、地窓の手前には床をくり抜き同じフローリングの素材で蓋《ふた》をした床下の点検

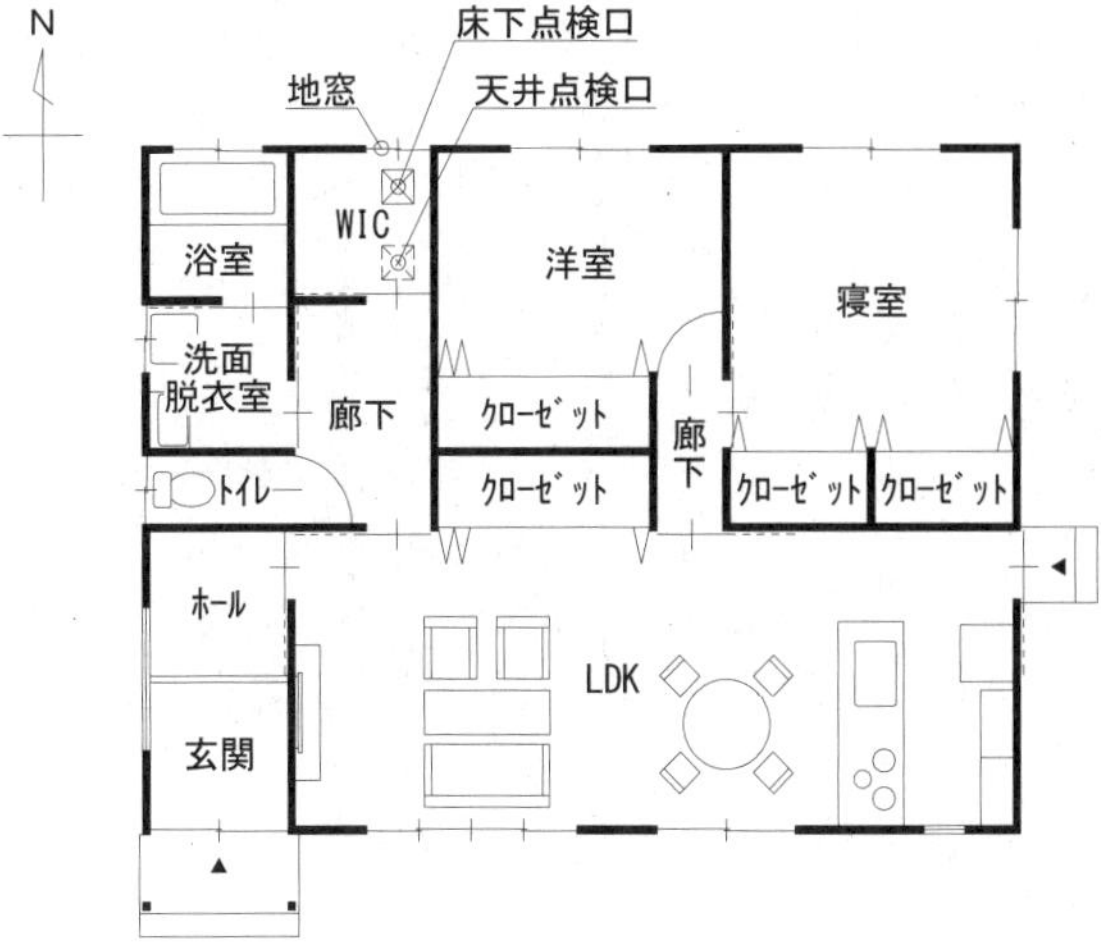
N
床下点検口
地窓
天井点検口
WIC
浴室
洋室
寝室
洗面
脱衣室
廊下
クローゼット
クローゼット
廊下
クローゼット
クローゼット
トイレ
ホール
LDK
玄関

川上邸

口も設けられていた。そして、天井には今回の怪現象の出どころである天井裏を確認できる点検口もついている。

「川上さん。天井裏を覗いてみたことはありますか？」

「いえ。恥ずかしながら、おっかないものでして」

謎の音がする天井裏へ無防備に首だけ突っ込むというのは、恐ろしいに決まっている。だが、調査で来ている以上天井裏を確認せずに帰るなどということはもちろんできない。

川上がブレーカーを上げるのに使っていた脚立を拝借した天木は、それを天井点検口の真下に置いた。

「織家くん」

名前を呼ばれて、織家は観念する。

「わかってます。私が覗けばいいんですよね」

「いや、僕が覗こう。君は脚立を支えていてくれ」

天木の返答は、織家にとって意外なものだった。だが、霊感持ちの織家が覗かなければ、子どもの霊がいるかどうかは判断できないはずである。とはいえ、自分の気の進まないことを率先してやってくれるというのだから、天木を止める理由はなかった。

織家が支える脚立を上り、天木が天井点検口の蓋を開ける。懐中電灯と共に首を突っ込むと、彼は僅《わず》か十秒ほどで首を引っ込めた。

「どうです？　何かいましたか？」

織家が問うと、川上も不安な面持ちで報告を待つ。天木は「何もいませんでしたよ」と、平然とした顔で伝えた。

「物音は鼠などの小動物の仕業でしょう。子どもの声というのも、それらの鳴き声を聞き間違えたのではないですか？」

つまり、川上邸に霊はいない。そう結論付ける天木を、織家はおかしく思った。こんなに簡単にオカルトを否定するのは、彼らしくない。まだ確証を得たわけでもないのに勘違いだと言い包《くる》めようとするのは、短い期間とはいえ天木悟という人間を見てきた織家にとって、違和感の残る対応だった。

これではまるで、早く帰りたいから適当に流しているようにすら思えてしまう。案の定、この発言に川上は反発した。

「勘違いなんかではありません！　私は確かに聞いたんですよ。子どもが楽しそうに笑う声を！　もっとよく調べて――」

川上が、唐突に言葉を止める。怒りの表情は一変して、恐怖一色へと塗り変わっていた。その理由に、織家はやや遅れてから気づく。

――足音がするのだ。まるで、体重の軽い子どもが軽快に駆けているような。

その音は、天木の真上で開いたままになっている天井点検口の向こうに広がる暗がりから漏れ出てくる。二人の視線は、否応《いやおう》なしにそこへ吸い込まれた。そして――目撃してしまう。

点検口の向こうから、幼い男の子の顔が右半分だけ覗いているのだ。悲しげに眉《まゆ》を垂れているその子は、やがて口をゆっくりと動かし始める。

織家の全身が、途端に恐怖を認識した。鳥肌が立ち、足は竦み、寒気が否応なしに体を包み込む。込み上げてくる悲鳴を吐き出さずに済んだのは、隣にいる川上が先に声を上げたからだった。

「うっ、うわぁぁぁァァァッ！」

絶叫と呼ぶに相応《ふさわ》しい声をウォークインクローゼットに置き去りにして、川上は部屋を飛び出す。織家も、それに感化される形でその場から逃げ出した。LDKに逃げ込んだ川上は、壁に背を預けて荒い呼吸をどうにか落ち着けようと試みている。

「川上さん……さっきのが、見えたんですね？」

「きっ、君にも見えたのか？　一体何なんだ!?　何であんなものが天井裏にいるんだ？　おかしいだろっ！」

川上は興奮しているようだった。霊を目撃するのは、初めてのことなのかもしれない。織家も当然怖かったが、自分よりも取り乱している川上が目の前にいるからなのか、意外と冷静になることができていた。

そこへ、遅れて天木がLDKに入って来る。

「霊が出たのか、織家くん？」

霊感ゼロの天木には男の子の顔はもちろん、足音すらも聞こえていなかったようだ。

頭を抱え込んでいる川上を横目で見やりつつ、織家は頷《うなず》く。

「タッタッタッと子どもが走るような音が天井裏から聞こえてきて、点検口の向こうに幼い男の子が顔を半分だけ覗《のぞ》かせたんです。それで……何か口を動かしていました」

「何と言っていたかわかるか？」

「そこまでは……すみません」

天木は「そうか」と織家の目撃情報を受け取ると、俯《うつむ》きぶつぶつと独り言を零している川上に向き合った。

「川上さん。先ほど目撃したというその男の子に、心当たりがあるんですね？」

異様な怯《おび》えようから、天木は川上が男の子について何か知っていると推測したようだ。しかし、子どもの霊が現れる要因に心当たりはないと川上本人から聞いている。その霊の顔にも、当然見覚えはないはずだ。

川上が震えながら発した返答は——あまりにも意外なものだった。

「知ってますよ！　知ってるに決まってる……あの男の子は、幼い頃の私自身なんですから！」

◆

この家を今すぐ出ようと訴える川上を二人がかりで説得して、どうにか思い留《とど》まらせ

ることができた。最終的には、天木の「このまま帰ったところで、何も解決しません
よ」という言葉が効いたようである。
天木が引き留めたので協力はしたが、樹木子の一件もあるので、織家も正直逃げた方
がいいのではないかと考えていた。
「この家の中にいて、大丈夫なんでしょうか？」
小声で問うと、天木は「今後のことを考えると、今はまだ出るべきではない」と答え
る。彼なりに、何か考えがあるようだ。
「何だか疲れましたね……一旦《いったん》座りませんか？」
そう言って、川上が三人掛けのソファーに腰を下ろす。その姿に天木は何かを言いか
けたように見えたが、それを呑《の》み込むと彼も「そうですね」とローテーブルを挟んで川
上の対面に位置する一人掛けのソファーに腰掛ける。
織家も天木の隣の同じ一人掛けのソファーに座ろうとしたのだが、今まさに座ろうと
している座面に天木がわざとらしく懐中電灯を置いた。
「織家くん。君は向こうに座ってくれ」
「何でですか。普通私が座るべきはここでしょう？」
織家は天木建築設計側なので、客である川上と話すならば天木の隣に座るのが当然で
ある。しかし、天木は譲らない。
「二人が見た幼い頃の川上さんについて、すでに仮説はできている。君は向こう側に座

ってくれた方が、僕としては話しやすいんだ」

「うーん……わかりました」

「すまないな」

　ということで、織家は腑《ふ》に落ちない顔で三人掛けのソファーの側に移る。川上は、織家が座りやすいよう片側に詰めてくれた。

「天木さん。子どもの姿の私の正体について、仮説ができているというのは本当ですか？」

　川上は食い気味に尋ねる。天木は建築士としての視点から物理的な問題に重きを置いて怪現象を探るという話だったが、はっきりと見てしまった今、川上はもうそんなことは気にしていられないのだろう。

　天木はそれでも「オカルトは専門ではないので、そこはご了承ください」と表の顔を守るための前置きをしてから、改めて口を開いた。

「川上さん。この家のリフォーム時の工事資料はこの家にありますよね？」

「はい。確かあそこにあった気が……」

　立ち上がった川上は、ＬＤＫのクローゼットを開けてプラスチック製の分厚いＡ４サイズのファイルケースを手に戻ってきた。受け取った天木は、それを開いて一枚の図面を取り出し「やはりそうか」と呟《つぶや》く。ローテーブルに広げられたそれは、リフォームを行う前の川上邸の間取り図だった。

織家は、すぐに妙な点に気づいた。

「……あれ？　どうして工事前の図面は二階建てなんですか？」

現在の川上邸は平屋建てである。しかし、古い図面には階段があり、二階の間取りもしっかりと描かれている。

「減築だ、織家くん」と、天木が織家の疑問に答えた。

減築とは、その名の通り増築の逆。つまりは、建物の面積を工事前より減らすことを指す。なぜわざわざお金を支払い家を狭くするのかと織家は疑問に思うが、よく考えてみればきちんとメリットはある。

例えば、川上邸のように二階建ての場合。年を取り足腰が痛くなると、そもそも二階へ上がること自体が億劫《おっくう》になる。となれば二階全体が物置と化すばかりで、掃除の手間が出てくる分、寧《むし》ろ邪魔な空間となってしまうこともある。

加えて、固定資産税の軽減や建物を軽くすることによる耐震性の向上など、減築のメリットは確かに存在する。高齢だった川上夫妻は、フルリフォームを期に思い切って二階を丸ごと取り払ったのだ。

「お伝えしていなくてすみません。それにしても、図面も見ずによく気づきましたね」

天木に対し、川上が驚嘆する。

「難しくはありませんよ。天井裏を覗いた時、梁《はり》と比べて屋根の躯体《くたい》がずいぶんと新しかったので、元々上にあったものを取り払い屋根を作り直したのだと推測できただけです」

　なるほどと、耳を傾けていた織家は一人納得する。自分が天井裏を覗き込んでいたのなら、一目でそのことに気がつけたとは到底思えない。オカルトへ執着する悪い面ばかりが目につきがちだが、彼はやはり建築士なのだと改めて実感した。

　川上は、おずおずと尋ねる。

「それで、減築と私の子ども時代の姿の霊とは、何か関係があるのでしょうか？」

「もちろん、大ありですよ」

　答えると、天木は図面の二階部分を指し示した。

「二階には六畳の子ども部屋があります。ここは、一人息子である川上さんの部屋だったと考えていいんですよね？」

「はい。そこは私の部屋でした」

「だからですよ」

　天木はこれが結論だという言い方をしたが、川上にも織家にも何が言いたいのか全く伝わってこない。それを察してか、天木は追加で言葉を紡ぎ始める。

「例えば、そうですね。剝《む》き出しの柱などに背中を当てて、身長の成長過程を鉛筆で書いていた記憶はありませんか？」

「……あります。それこそこの家の二階の柱でもやっていましたし、祖父母の家などでも帰省のたびに測られていました」

過去を懐かしむように、川上は語る。話しているうちに、川上の中の恐怖心は随分と和らいだようだった。織家は野暮かなとは思いつつも、ピンと来なかったので正直に「私は経験がないです」と口を挟む。

「昨今は家の西洋化で、剝き出しの柱がある家の方が珍しいからな」

天木の言う通り、確かに織家の実家はどこもかしこも壁紙で覆われている。家の造りが変わっていく過程で、失われていく文化もあるようだ。

「身長の記録だけに限らず、家にはそこで暮らした人たちの思い出が定着するものです。壁に空いた穴も、床にできた傷も、全てはその家で暮らしてきた証《あかし》。家にできた小さな痕跡《こんせき》の一つ一つが、刻まれた思い出なのです。では、思い出の染みついた二階が丸ごと取り除かれてしまった場合、そこに定着していた思い出はどこへ行くのでしょうか？」

織家はまさかと思いつつ、図面上にのみ残る減築前の二階を見つめる。片手で口元を覆っていた川上は、探るようにゆっくりと尋ねた。

「……つまり、天井裏から顔を覗かせた幼少期の私は、ない、なくなった二階に染みついていた私自身の思い出だと言いたいんですか？」

川上の言葉に、天木は頷《うなず》いて見せた。

足音や笑い声を発していたのは、なくなってしまった二階が元々あった場所である天井裏に居座っている、幼少期の川上の思い出である。

そう考えれば、怪現象が起き始めたのがリフォーム後からというのは納得できて、川上の子どもの頃の姿で現れたことにも説明がつく。川上の両親がお祓《はら》いを拒んだのも、自分の息子の姿で現れていたのなら当然だ。本人に話せば気味悪く思うことは明らかなので、黙っていたのではないだろうかとも考えられる。

「思い出が一人歩きって……そんなことがあり得るんですか？」

筋は通っていても、受け入れられるかどうかは別問題である。まだ納得しきれていない様子の川上に問われ、天木は少し考えてから口を開いた。

「昔から大切にしているぬいぐるみを捨てられないというのは、よくある話です。ぬいぐるみに限らず、何かしら思い入れのある品というのは、なかなか処分できないものでしょう。その理由は、思い出ごと捨ててしまう気がするからではないですか？」

「……確かに、そうですね」

「家も同じですよ。川上さんはフルリフォームによってこの家から昔の面影がなくなってしまうことを、多少なり寂しく思ったはずです。その理由も、ぬいぐるみなどと同様に思い出が消えてしまう気がしたからではないですか？　物に思い出が宿ることは認めておいて、いざその物が壊れた時、中に入っていた思い出が出てくることを否定はできないでしょう」

天木の言い分は一理あると思ったのだろう。川上は、ようやく腑に落ちたといった様子で短く息をついた。

怪現象の正体が自分自身であるとわかれば、恐怖心は幾分和らぐだろう。しかしながら、これで解決というわけではない。

「……それで、私はこれからどうすればいいのでしょうか？」

天井裏に行き場を失った思い出が住み着いていることはわかった。だが、このままであるうちは怪現象の起こる曰《いわ》くつき物件のレッテルは剝《は》がれない。尋ねられた天木は、難しい顔で首を横に振った。

「どうしようもありません」

投げやりなその返答に、川上は文句を言いかけたのだろう口を閉じる。そして「そうですよね」と諦《あきら》めの言葉を零《こぼ》した。自分の思い出とわかってしまえば、効果のありなしは別としてお祓いをする気も起きない。となれば、かつての二階の思い出はそのまま天井裏に住まわせる他ないのだ。

「そう気を落とさないでください。時間が解決してくれることもあるでしょう。とにかく今は、この家になるべく近づかないことです。試しに、半年くらいでも時間を置いてみてはいかがですか？」

思い出とは、本来形のないものだ。放っておけば、自然に消えていくかもしれない。何の根拠もない方策だが、他にいい方法が思い浮かぶわけでもない川上は「そうしてみます」と天木の提案を仕方なしに受け入れた。

と、天木のスマホの着信音が鳴る。電話に出た天木は「わかった」とだけ答えて電話を切ると「それでは、帰りましょうか」とソファーから立ち上がった。

　ウォークインクローゼットへ行くのを嫌がる織家と川上を玄関に残して、天木が脚立を回収してくる。それを使い高い位置にあるブレーカーを落とすと、外に出て玄関の引き違い戸を閉じた。天木が川上から鍵《かぎ》を受け取り、暗い手元に苦労しながらも施錠して返す。

「今日はお世話になりました。お礼は、また後日改めて」

　頭を下げ、雨の中を走って車へ向かおうとした川上を天木が呼び止める。立ち止まると濡《ぬ》れてしまうため、川上は軒下へと戻ってきた。

「この後、近くのコンビニ辺りでコーヒーでもご一緒しませんか？」

　天木の申し出に、川上は「はあ」と気のない返事をする。

「すみませんが、今カフェインを摂るのはちょっと……。ただでさえ今夜は眠れそうにないので」

「では、お茶でも何でも構いません。僕の車で先導しますので、ついて来てください」

　川上の返事を待たずに、天木は雨の中を駆け出して赤いビートルに乗り込んだ。織家も後に続き、助手席に座る。

「あんなに無理矢理誘っちゃ迷惑ですよ」と織家が苦言を呈すると、天木は「いいから」とだけ答えて車のエンジンをかけた。その表情は――少し強張《こわば》っているように思えた。

◆

雨の中車を走らせること、約十分。二台の車は、コンビニの駐車場に並んで停車した。

織家が傘を差して車を降りると、パトカーが数台サイレンを鳴らしながら自分たちが来た方向へと走っていくのが見えた。

何か事件でもあったのだろうかと思いつつ、織家は何気なくコンビニの方へ目をやる。

すると、そこに意外な人の姿を見た。

「……お母さん」

織家の前に、いつも突然現れる母の霊。その姿が、コンビニのガラスの向こう側に見えたのだ。店内で佇《たたず》む今日の母は、タイトな紺色のスカートにゆったりとしたベージュのトップスを合わせている。織家を見た母は、少し驚いたような顔をしていた。いつもはただ静かに微笑んでいるだけなのに――今日は、何か様子がおかしい。

「どうかしたのか、織家くん？」

尋ねられて天木の方を向いた織家は、説明しようとすぐコンビニに向き直る。しかし、そこにもう母の姿はなかった。天木は織家が定期的に母の霊を目撃することを知っているが、わざわざ今伝えるべきことでもないと思い「何でもないです」と話を切った。

そこへ、車から降りてきた川上が合流する。彼は傘を持ってきていないようで、駆け足でコンビニの庇《ひさし》の下に逃げ込むと「それにしても、よく降りますね」と服についた雨粒を払っていた。

「中に入りましょうか。向こうではお茶の一つも出せていなかったですし、ここは私が奢《おご》りますよ」

笑顔で申し出ると、川上はコンビニの自動ドアへと向かい歩き出そうとした。そんな彼を、天木が傘の下から呼び止める。

「すみません、川上さん。その前に、どうしてもお伝えしなければならないことがあります」

川上が眉《まゆ》を顰《ひそ》めて、織家は小首を傾げる。そんな二人へ、天木はこんな質問を投げかけた。

「二人は『ベッドの下の斧男《おのおとこ》』という都市伝説をご存じですか?」

この問いかけに川上は難しい顔をするだけだったが、織家には何となく聞き覚えがあった。

「アメリカかどこかが発祥の話ですよね? 一人暮らしの女の子の家に遊びに行った友達が、急に無理矢理な理由をつけてその子の手を引き部屋を飛び出した。その後で『あなたのベッドの下に斧を持った男が隠れていた』と伝えたって感じでしたっけ?」

「その通り。先ほどの川上邸でも、実は似たようなことが起きていました」

話が上手《うま》く呑《の》み込めない織家から視線を移し、天木は川上と向き合ってはっきりと告げる。

「川上さん。あの家は得体の知れない男に不法占拠されています」と。

予想だにしていなかった告白に織家は傘を落とし、川上は疑念と恐怖が入り交じったような表情でわなわなと震え始める。

「どっ、どういうことですか天木さん⁉ 私の子どもの姿の思い出の他にも、まだ誰かがあの家にいるってことですか⁉」

「はい。きちんと血の通った、生きている人間です。ご近所さんでも数軒分は離れているあの家は、怪しまれずに忍び込むにはうってつけだったのでしょう。おそらくは、ホームレスですね」

向かい合っている天木が冷静沈着過ぎるせいか、川上の取り乱しっぷりが際立って見える。彼は頭を抱えるとその場に蹲《うずくま》り、思考回路を必死に正常な状態へ戻そうと試みているようだった。大切な実家がどこの誰かもわからない人間に乗っ取られていると知らされたなら、こうなるのも無理はない。

織家は川上が濡れないよう拾い上げた傘の下に入れると、天木に尋ねた。

「……つまり、私たちが話をしている間も、家の中ではそのホームレスがひっそりと息を潜めていたってことですか？」

「ああ。家の外周を回った時、僕が咄嗟《とっさ》にカーテンが閉まっている窓へライトを向けたことがあっただろう？　あの時から、もしかしたら中に誰かがいるのではないかとは考えていたんだ」

大前提として、天木の霊感はゼロなのだ。そんな彼が反応したとなれば、単なる勘違いでなければ実体を持つ何かが見えたということになる。

「車のエンジン音やヘッドライトの明かりで、家に誰かが訪ねて来たことをホームレスは察知したのだろう。鉢合わせになるとまずいと考えた男は、反対方向である北側の窓から脱出を図ろうとした」

「そんなタイミングで、私と天木さんが外周を見て回るために北側へ回り込んでしまったんですね」

敷かれた玉砂利の擦れる音や懐中電灯の明かりで、窓の外に回り込んでいることはホームレスも察することができたのだろう。

「家の中を見せてもらった今ならわかるが、僕が反応した窓はゲスト用の六畳の洋室のものだ。そこのカーテンの隙間から、ホームレスはこっそり外の様子を伺おうとしたのだろう。そして、僕にライトを向けられると瞬時に身を隠したんだ」

「川上さんの車が到着する音がしたのは、そのすぐ後でしたよね。ホームレスは挟み撃ちされるような状況に陥ったから、外への脱出を諦めたってことですか」

「おそらくな」

自分の到着前に起きていた出来事の内容をぼんやりと聞いていた川上は、不意に立ち上がると「けっ、警察！」と叫び、ポケットからスマホを取り出した。その手を、天木が摑《つか》み止める。

「大丈夫です。警察なら今頃ご実家に到着していますよ。少し前に、パトカーが数台我々が来た方向へ向かっていったでしょう」

言われてみれば、確かにそうだった。しかし、織家はずっと車内で天木と一緒にいたが、彼が警察に電話をかける素振りはなかったはずである。

「いつの間に通報したんですか？」

織家が尋ねると、天木は「キッチンを調べた後、空橋に電話した時だ」と答えた。だが、それはおかしい。電話の内容は『今送ってくれた件だが、午後に変更になったそうだ』というものだった。織家は、もしかしてと一つの考えに行き着く。

「……ひょっとして、あの時の会話の内容のどこかに空橋さんと二人で決めた『警察を呼んでくれ』っていう意味の隠語が隠れていたんですか？」

「ほう。よくわかったな、織家くん。『午後に変更』という部分がそれだ。実はこれまでも何度かこういう経験があってな。あらかじめ空橋と決めておいたんだよ」

褒められても、全く嬉《うれ》しくはなかった。ということは、川上邸を出る間際にかかってきた電話は空橋もしくは警察からであり『今パトカーが向かっている』というような内容だったのだろう。

心霊スポットが不良の溜《た》まり場になっているというのは有名な話であり、人の寄りつかない空き家が勝手に使用されているというのも、決して珍しい話ではない。天木は、警察を呼ぶ必要がある場面に遭遇することを覚悟のうえで、これまでも事故物件の調査を行ってきたのだろう。

彼が変わり者だということは重々承知しているが、普通は一度でもそんな経験をすればもう事故物件になど関わりたくないと思うはずだ。そのオカルトに対して真正面から首を突っ込む姿勢に、織家は危うさすら覚えてしまう。

「鍵《かぎ》はどうしましょう。開けに行かないと、警察は入れないのでは？」

川上が、もっともな疑問を零《こぼ》した。対して、天木は「それも問題ありません。僕は鍵を閉めるふりをしただけで、施錠していませんので」と答えた。確かに、川上から玄関の鍵を受け取ったのは天木である。細かいところまで、抜かりがない。

天木はこのまま淡々と説明を続けようとしたが、思い留《とど》まり提案する。

「ずっと立ち話というのも何です。イートインスペースもあるようですし、一旦《いったん》コンビニの中に入りましょう」

実を言うと、恐怖と驚きの連続で織家は喉《のど》がカラカラだった。川上も同様のようで、異論を唱えるようなことはなかった。

◆

天木はホットコーヒー、織家はジャスミンティー、川上はノンカフェインのお茶をそれぞれ購入し、イートインスペースのカウンターに並んで腰かける。川上が奢ってくれるという話だったが、そんなことを言い出せる雰囲気ではなかった。

時刻が夜の十時を回っていることもあり、他に利用者は見当たらなかった。

飲み物を口にして、織家と川上が僅《わず》かばかりの落ち着きを得られたところで、天木は話を再開する。

「家に入って間もなく、第三者が入り込んだ痕跡《こんせき》があることは理解できました」

「その痕跡とは？」と、川上がお茶のボトルを握り締めながら問う。

「織家くんが拾ったビールの空き缶ですよ。あのビールは、ひと月ほど前に新発売されたものです」

話を聞き、織家は自分が拾った空き缶の青いパッケージに見覚えがあった理由を今更思い出す。今朝、大学の講義中に事故物件情報サイトで見たバナー広告だ。

「川上さんが前回あの家へ行ったのは、二か月以上前と聞いています。となれば、ここ一か月以内に他の誰かが持ち込んだとしか考えられません」

「では、そのホームレスが実家でビールを飲んでいたということですか？」

「そういうことになりますね。少しでも長く居座れるよう痕跡を残さないタイプのホームレスのようですが、お酒を飲めばこういった油断も生まれるでしょう。案外、私たちが行く直前まであそこで飲んでいたのかもしれませんね」

川上が掃除をしたとはいえ、あの家には父が残した空き缶などが大量に入ったゴミ袋が未《いま》だそのまま放置されている。その中を漁《あさ》れば、もしかすると他にもホームレスが出したゴミが出てくるかもしれない。

天木は、ホットコーヒーの飲み口から立ち上る湯気を見つめながら語り続ける。

「次に僕は、キッチンを入念に調べさせてもらいました。ホームレスに話を聞かれている可能性があったので、織家くんには『あまり使わないキッチンメーカーの品だから』と誤魔化しましたが、本当はある物を確認するためでした」

それが何なのか、川上はすぐに察した。引き攣《つ》った顔で、その嫌な考えを吐露する。

「……包丁ですか？」

「はい。調理器具はほぼ手つかずの状態でしたが、引き出しの内側に備え付けられている包丁差しには出刃包丁とパン切り包丁しかなく、一般家庭にはほぼ確実にあるはずの万能包丁がありませんでした。なので、僕はそれをホームレスが武器として所持している可能性を考えました」

見知らぬ男が家の中にいたというだけでも震えが止まらないのに、そのうえ包丁まで携帯していたとなっては、恐怖を通り越して現実味がなくなってくる。織家と川上は視線を合わせると、互いに苦笑いを披露し合った。

「それで……結局ホームレスは、どこに隠れていたんです？」

気になるのは、当然そこである。織家の問いかけに、天木は平然とした顔で「三人掛けのソファーの下だ」と答えた。織家と川上は、揃って「はぁ!?」と悲鳴に近い声を上げる。コンビニの店員が怪訝《けげん》な顔でイートインスペースを覗《のぞ》き込んでいたが、そんなことを気にする余裕はなかった。

「三人掛けソファーって……私と川上さんが座ってた場所じゃないですか！　何であの時教えてくれなかったんですか天木さん！　酷《ひど》いですよ！」

自分の座るソファーの真下で包丁を持った男が息を潜めていたなんて、とんでもない話だ。織家に涙目で責められる天木は、必死に弁解する。

「仕方がないだろう。ソファーに座ってしまった川上さんを無理に立たせれば、それは下に潜むホームレスの存在に気づいているぞと言っているようなものだ」

「じゃあ、天木さんの隣の一人掛けに座ろうとした私までわざわざ三人掛けの方に座らせた理由は何ですか⁉」

「座って視点が低くなれば、三人掛けソファーの下にいるホームレスがどうしても視線に入りやすくなる。君が見つけて騒いでしまったら、それこそお終《しま》いだ。知らないふりを貫き通せるのは、事前にその存在に気づいている僕だけだった」

確かに、織家がホームレスを見つけたら間違いなく悲鳴を上げていただろう。そうなれば、隠れてやり過ごそうとしていたその男が包丁片手に口封じを図ってきた可能性は捨てきれない。

「そもそも、何でそんなところに隠れてるんですか？」

「それはホームレスに聞いてみないとわからないが、向こうも向こうで焦りながら考えた末だと思うぞ。　片付けが目的で人が来たのならクローゼットは開けられる可能性があり、天井裏に入るには脚立が必要。床下という手もあるが、万が一ばれた場合は蓋《ふた》を塞《ふさ》がれたら逃げ場がなくなる。ソファーの下なら覗き込まれない限り問題なく、僕らの話の内容も聞くことができる。ひっそりと住んでいる身としては、持ち主がこの家をどうしようと考えているのかは知っておきたいものだろう」

それでも、やはり大胆過ぎると織家は思う。しかし、現に織家や川上はソファーの下の男の存在に全く気づくことができなかったのだから、ホームレスの隠れ先は正解だったと言えるのかもしれない。

一応納得はできたが、なおも織家の怒りは収まらない。

「そもそも、LDKを離れた時に天木さんがその存在をこっそり私たちへ伝えることもできたわけじゃないですか。ねぇ、川上さん」

織家に同意を求められ、川上は確かにと頷《うなず》く。

「それもできたが、どうしても意識して不自然な行動を取ってしまうだろう？　ホームレスとの遭遇に慣れている僕一人で対処させてもらった方が、穏便に事が運ぶと判断したんだ」

天木が自ら事故物件調査に進んで乗り出していることを知らない川上は「建築士って、結構危険の伴うお仕事なんですね」と自身の考えを間違った方向に改めていた。

「天木さんが不法占拠している人の相手に慣れていることはわかりました。でも、私たちがホームレスを刺激せず自然な形で家を脱出できるタイミングはありましたよね？」

織家の言うそのタイミングとは、天井点検口から覗く子どもの姿の川上を目撃した時である。それ以前の会話で、織家たちがこの家で起きる怪現象を目的に来たことは聞かれているのだ。ホームレスにも霊障があったかどうかはわからないが、自分の姿を見たわけでもないのに織家たちが騒いで逃げていけば、きっとその霊とやらが出て逃げ出したのだと思うはずである。

そのタイミングでなくとも、相手はソファーの下という身動きの取りづらい場所に隠れているのだ。這《は》い出てくるまでの間に車に乗り込み逃げ出すことは、難しくないはずである。

「無論、あの場所から逃げ出すことは容易《たやす》かった。でも、よく考えてみてほしい。例えば、僕たちが霊を目撃したことで悲鳴を上げて逃げ出したとしよう。当然電気は点《つ》けっぱなしで、玄関戸も全開。後日戸締りに戻ってくることは確定だから、ホームレスはあの家を離れることになる。何の前触れもなく逃げ出した場合も同様に、自分の存在に感づかれたと判断したホームレスは出ていってしまうだろう」

「あの」口を挟んだのは、川上だ。「ホームレスが出ていくなら、いいことなのでは？」

「一度出ていっても、ほとぼりが冷めた頃に戻ってくるかもしれません。自分の住処《すみか》を追い出されたと逆恨みされる可能性もあります。失うものがない相手は、どういった行動に出るか予測ができません。川上さんにとってもっとも理想的な解決方法は、ホームレスをあの場に留まらせて警察に現行犯逮捕してもらうことでしょう」

だからこそ天木は敢《あ》えてあの場に留まり、ホームレスに『自分はまだこの場所に住んでいられる』と思わせたまま家を抜け出せるよう努めたようだ。

そのための策の一つが、天井裏を率先して覗いた天木の『小動物の仕業でしょう』という、らしくない結論だった。怪現象が動物の仕業でしたという形でそそくさと家を出ることができれば、確かに一番ホームレスを刺激せずに済む。

しかし、川上は納得しなかった。加えて、怪現象の本当の正体まで顔を覗かせてしまうことになる。

「今にして思えば、あのタイミングで幼少期の頃の川上さんが現れたのは、僕らに対する注意喚起だったのかもしれませんね」

天木の憶測を耳にした途端に、織家は「あっ」と声を上げる。

「どうした、織家くん？」

「子どもの姿の川上さんが口を動かしていたって言ったじゃないですか？　あの口の動き……今になって思い返すと『あぶない』だった気がするんです」

何が危ないのかは、決まっている。不可思議な存在が敵ではないことを改めて認識したところで、天木は話を畳みに入る。

「僕はあの場で天井裏の男の子について川上さんに納得してもらい、かつホームレスにも気づかせず、冷静な状態で家を出てもらう必要がありました」

「では、天井裏の子ども姿の私が滅築でなくなった二階部分の思い出だという話は、あの場限りの嘘なのですか？」

川上の問いに、天木は頭を横に振る。

「いえ。その見解に嘘はありません。ですが、対処法は嘘をつきました」

あの時天木が提案した対処法は、時間による解決を待つというもの。半年ほど一切近寄らないでみてはどうかと言っていたが、あれはすぐ傍で聞き耳を立てているホームレスに『最低でもあと半年は暮らせる』と思わせるための虚言であったことを、天木は説明する。

考えてみれば、あの子はすでに三年も居座っているのだ。あと半年待ったところで、消えてくれるとは思えない。

「いいですか川上さん。子どもの姿のあなたが二階に定着していた思い出ならば、そこにはご両親の思い出も間違いなくいるはず。なのに、あなたの思い出だけが天井裏に留《とど》まっているのはなぜだと思いますか？」

言われてみれば妙だと、織家は小さく唸《うな》った。同様に考え込む川上へ、天木は助言を口にする。

「思い出とは、本来どこにあるべきものですか？」

「……個人の記憶の中ですか？」

自信のなさそうな川上の答えを、天木は笑みを浮かべて肯定した。

「二階に染みついていたご両親の思い出は、一階に住むご両親の中というあるべきところへ少しずつ戻ることができました。ですが、実家を出ている川上さんの思い出だけは別です。時間の経過でいずれ思い出は消えるかもしれませんが、一番の解決策は川上さんがご実家に住まれることだと僕は考えます」

天木の口から告げられた方策に、川上は目を見開いた。

幼少期の川上は、ずっと天井裏で大人になった川上があの家に帰ってくるのを待っていたのだ。両親が亡くなってからも、ずっと一人で。しかし——そこに住むことになった望まぬ同居人は、見ず知らずのホームレスだった。

実家とはいえ、見知らぬ男が住んでいたとなるとやはり気味が悪いだろう。しかし、元はと言えば管理が杜撰《ずさん》だった川上自身の責任もゼロではない。東京から定期的に来るのが難しいのであれば、不動産の管理をもっと早い段階で業者に委託するべきだったのである。

「実家に住む……ですか。最初にも言いましたが、それはやはり難しいです」

「仕事や環境の変化など、課題は多いでしょう。今すぐでなくてもいいんです。売ると決めるのではなく、もう少し考えてみてもいいのではないでしょうか？　見た目が変わっても、変な男に住み着かれてしまおうとも、あの家は世界に一軒しか存在しない、川上さんの生まれ育った家なのですから」

天木の言葉を、川上は目を閉じてゆっくりと噛《か》み締めているようだった。

◆

後日。天木建築設計の事務所にて、織家が昼食の即席ラーメンをもやしで嵩増《かさ》ししていると、壁掛けのテレビからとあるニュースが流れてきた。

その内容は、横浜市郊外にある空き家を不法占拠していた男が逮捕されたというもの。テレビ画面には、車で連行される六十代くらいの小柄な男が映し出されていた。画面下部には『住所不定・自称元大工』と容疑者の情報が表示されている。被害に遭った空き家として川上邸がちらりと映ったので、この男があの時のホームレスで間違いない。

本来寛《くつろ》げる空間であるべき家の中に見ず知らずの男が隠れていたという経験は、織家の中でややトラウマになっていた。事務所に帰って来て以降は、ソファーの下はもちろんのこと、クローゼットの中や机の下など人が隠れられそうな空間が気になって仕方がない毎日を送っている。

織家はもやしラーメンを持って自分のデスクに移動すると、先にサンドイッチと牛乳のみという軽めの昼食を食べていた天木に話しかけた。

「あの男が川上邸に隠れていたんですね。今思い出しても、気味が悪いです」

「まあ、刺されなかっただけマシだ」

天木はハハハと笑っているが、織家にはこれっぽっちも笑えなかった。ニュースの内容が別のものに切り替わった後で、織家は先日の件について大切な部分が明かされていなかったことに気づき、ラーメンへ伸ばした箸《はし》を止めた。

「……そもそも、犯人はどこから川上邸に侵入したんでしょうか？」

「さあね。隈《くま》なく調べたわけではないから確証は持てないが、ニュースの『元大工』という経歴が真実であれば、方法はなくもない。君は何か思いつくか？」

知りたい内容を訊《き》き返されてしまった織家は、山盛りのもやしをスープに沈めながら思考を巡らせる。

「無難に考えて、窓じゃないですか？　空き巣の被害なんかも、ほとんどは窓から侵入されているって聞きますし。ただ、割られたり穴を開けられた形跡はなかったので、鍵《かぎ》の閉まっていない窓を見つけたというのが一番あり得そうな気がします」

川上は二か月ほど前に実家へ行っており、その目的は掃除である。空き家の管理に来た人がまずやることの一つが、空気の入れ替えだろう。家中の窓を開け放ったのなら、どこか一か所くらい鍵のかけ忘れが発生していても不思議ではない。

「僕も同意見だが、仮に窓が全て閉まっていた場合でも、家の構造に詳しい元大工ならば侵入できそうなルートはあった」

「どこですか？」

問う織家に、天木は人差し指をピンと立てて「地窓だよ」と回答した。

「地窓はウォークインクローゼットにあり、さらにそのすぐ傍には床下の点検口があった。そして、地窓の真下には古い床下換気口も空けられている」

記憶を遡《さかのぼ》ると、各配置は確かに天木の言う通りだった。

「ひょっとして、格子を外して床下換気口から犯人が入り込んだって言いたいんですか？　ニュースに映った姿は確かに小柄でしたけど」

「いや、さすがに子どもでもない限り床下換気口から入り込むのは無理だろう。だが、腕くらいなら十分に通る。格子を取り外した彼はそこから腕を突っ込み、手の届く範囲手の届く範囲にある床下の点検口を下から押し上げたのだ。手の届く範囲に点検口があるのは、外かららも丸見えだっただろう」

天木の言う通り、地窓は透明ガラスだった。住宅を造った経験のある大工であれば、ここから入ることができるかもと考えてもおかしくはない。

「点検口を開けて、そこからはどうするんです？」

「地窓のクレセント錠を開けるんだ。さすがに手は届かないだろうが、先端に輪っかを作った針金の一本でもあれば、点検口からそれを伸ばしてクレセント錠を下ろし開錠するのは、そう難しくない。あとは外から窓の本体を外せば、あの小柄な犯人なら十分中に入ることができるだろう」

なるほどと、織家は天木の考えた侵入方法に納得する。換気口も点検口も住宅に必要なものだが、配置次第で第三者の侵入経路になりかねないというのなら、気をつけなければならないと肝に銘じた。

「侵入後、普段の出入りはどうしていたんです？」

「窓からが無難だろう。犯人の留守中に川上さんが来たとしても、君も言っていた通り窓ならば一か所くらい開いていても前回来て換気した時に締め忘れたのだと思ってもらえるだろうからな」

話の終わりを示すように、天木はサンドイッチの残りをやっつけにかかった。実際に犯人が利用した侵入経路がどのようなものであったかは本人に訊いてみなければわからないが、それは警察の仕事である。

ラーメンに目を落としながら、織家は物憂げに言葉を零《こぼ》す。

「……川上さんは、あの家をどうするんですかね」

「その件なら、先ほど空橋から連絡があったよ。売りに出すという選択肢は一旦《いったん》取りやめて、管理業務を任されたそうだ」

川上の下した決断に、織家は「そうですか」と安堵《あんど》した。気持ちが和らぐ一方で、そんな自分に嫌気が差す。

織家には、安堵する資格がない。福島の実家を飛び出したのは、もちろん横浜の大学に通いたかったからというのが一番の理由だ。――いや、そう言い聞かせているだけなのかもしれない。

本心では、娘を手の届くところに置いておきたいという束縛の強い父の下から逃げ出したい気持ちもあった。だが、何よりも――あの気持ちの悪い家から、一刻も早く距離を取りたかったのだ。

天木は川上に言っていた。『あの家は世界に一軒しか存在しない、川上さんの生まれ育った家なのですから』と。その言葉が、今更になって織家の胸に刺さる。

バイトの契約期間満了まで、あと一か月を切っている。頼むのであれば、おそらく今しかない。これまで信頼するに足る実績を見せてくれた天木なら、あの気持ちの悪い福島の実家の抱える問題をどうにかしてくれるかもしれない。

すっかり伸びてしまったラーメンの器の縁に箸を置くと、織家は立ち上がって天木と向き合う。そして、頭を下げた。

「お願いします、天木さん。……私の実家を、調査してください」

間章

その日は、朝から酷《ひど》い雨だった。生憎《あいにく》の空模様を見ても後日に改めようとは思わず、織家は傘を差して外へ出る。みなとみらい線に乗り訪れたのは、港の見える丘公園の最寄り駅だ。

織家は『白い家』を探しに来ていた。事故物件情報サイトにて、それらしきところに事故物件であることを示す炎のマークが灯《とも》っていることは確認済みだ。今日は、そこが本当に白い家で間違いないのかを確認しに来たのである。

灰色の雲のせいで薄暗い住宅地を、傘で雨を弾《はじ》きながら進んでいく。

結局、天木には黙って出てきてしまった。川上邸の一件と重なったことで、事故物件サイトに表示されている場所が白い家で間違いないのかは訊きそびれたままだ。しかし、考えてみれば彼は今まで織家に住所を教えようとしなかったのだから、尋ねても答えてくれたとは思えない。

それに、自分の目で確認するまではどのみち信じられないだろう。あんなに素晴らしい家が事故物件になっているなど、何かの間違いであってほしかった。

炎のマークがついていた場所は、次の角を曲がったところである。高鳴る心臓を押えながら歩を進め、織家はゆっくりと視線を上げた。

「――あ」

間違いない。あの家だ。門扉の前まで移動した織家は、雨に濡《ぬ》れる白い家を眺めた。

何度か探しに来た際、織家はこの道も通っている。その時に気がつかなかったのも、目前の白い家の現状を見れば無理のない話だった。

一番の特徴だった生クリームを塗りつけたような白い外壁は、その大半が荒れ放題の庭から伸びる蔦《つた》に覆われている。その蔦も、枯れて茶色に変色していた。窓ガラスは一部割れているものもあり、誰かが肝試しでも行ったのか、スプレーによる落書きの跡も見受けられる。

どう考えても、人は住んでいなかった。そこに、かつて憧《あこが》れた家の面影はほぼ残されていない。一体、何が起これればほんの四年足らずで新築の家がここまで荒れ果ててしまうというのだろうか。

居ても立ってもいられず、織家は中へ入ろうと洋風の門扉に手をかける。――途端に、その手が小刻みに震え始めた。体中から、嫌な汗が噴き出してくる。

視線は、不思議と玄関に釘付《くぎづ》けになっていった。そこからは、当然誰も出てくるはずがない。それなのに、目を逸《そ》らすことができない。

お願いだから、何も出てくるな。心の中の願いを逆撫《さかな》でするように、玄関ドアがゆっくりと開かれる。そこから覗《のぞ》くのは――人の手。それがドアを摑《つか》み、さらに少しずつ押し開けていく。

織家の呼吸は荒くなり、過呼吸になりそうなほどの空気を肺が忙《せわ》しなく吸い込んでいる。嫌だ。絶対にアレを見たくない。そう強く願い、動かない体を無理にでも門扉から引き剝《は》がすために、体ごと路面のアスファルトへ倒れ込んだ。

途端に金縛りの状態は解け、織家は身を起こして再び白い家の玄関ドアを見る。——だが、そこはまるで何事もなかったかのように閉じていた。強い恐怖に背を押されるようにして、織家は落とした傘を拾いもせずに雨の中を逃げ出す。

あの家では、一体何が起きたのか。そして現在——一体何が住み着いているのだろうか。

第四話　虫籠《むしかご》の間

まだ年端もいかない頃、織家は一匹のアゲハチョウを捕まえたことがあった。

薄黄色と黒を基本に、後ろ翅《ばね》には青やオレンジが部分的に映えている。その模様がまるでステンドグラスのようで、織家は一日中透明なプラスチック製の虫籠の中にいる蝶《ちょう》を眺めていた。

しかし、狭い籠に閉じ込めているせいだろうか。蝶は日に日に弱っていく。手放したくはないが、このまま死んでしまうくらいならと思い織家は父に相談した。

話を聞いた父の答えは、否定だった。

「その蝶は紗奈の宝物なんだろう？　だったら、手放しちゃいけない。あとで必ず後悔することになる」

「でも……このままじゃ死んじゃうんだよ？」

「この状態では、逃がしてもどうせ死んでしまうよ。亡くなったら、お父さんが標本にしてあげよう」

父に強く言い切られた織家は、結局虫籠を開けなかった。蝶が死んだのは、それから二日後のことである。

約束通り父が作ってくれたアゲハチョウの標本を、織家は実家のクローゼットの奥深くにしまい込んでいる。それを見るたびに、罪の意識に囚《とら》われるから。
お前の選択は正しかったのか。ガラスの向こうの動かない蝶から、そう問われている
気がしてならなかったのだ。

◆

横浜駅から横須賀《よこすか》線で東京駅に向かい、そこから福島行きの新幹線に乗り換える。織家からの実家の調査依頼を受理した天木が行動に移したのは、僅《わず》か一週間後のことだった。

空は梅雨の晴れ間を見せており、車窓から差し込むジリジリと照りつけるような日の光は、暑い夏の到来を予感させている。

「ほら、僕の奢《おご》りだ」

先に窓側の指定先に座っていた織家の下に遅れてやって来た天木は、隣に座りながらポリ袋を差し出してくる。中には、シュウマイが美味《おい》しいことで有名な駅弁が入っていた。

「……ありがとうございます」

礼を述べて受け取る織家だったが、自分でも意外なほどに食欲が湧かないことに気づく。理由はもちろん駅弁に対する不満ではなく、これから向かう場所に対する不安のせ

いである。

程なくして、新幹線は動き出した。ゆっくりと加速していき、外の景色が高速で流れ始める。

「食べないのか？」

窓の外を眺めてばかりいる織家に、天木が尋ねる。正直に「何だか、食欲がなくて」と答えると、気を遣ったのか天木は食べようとしていた自分の駅弁を袋に戻した。

「では、昼食の前に聞かせてくれないか？　君の実家の話を」

織家はまだ、天木に実家の抱える問題を話していなかった。自分で頼んでおきながら、いざ打ち明けるとなると尻込《しりご》みしてしまっていたのだ。だが、新幹線に乗り込んだ以上、後戻りはできない。織家は大きく深呼吸をしてから、ぽつりぽつりと話し始めた。

「……私の実家には、一か所だけ妙な部屋があるんです。いわゆる『開かずの間』というやつですね」

「織家くんの実家は、ご両親が新築したものではないのか？」

「いいえ、新築です。３ＬＤＫの普通の二階建てで、築年数は十年くらいでしょうか」

「では、どういう過程を経てその部屋は開かずの間になったんだ？　新築なら、完成した当初から開かなかったということはないだろう」

「そうですね。開かずの間が生まれたのは、新築から二年後……私が十歳の時です」

できれば、思い出したくはない。それでも、調査には必要なことだ。織家は目を固く閉じて、記憶を過去へと遡《さかのぼ》らせる。

「開かずの間と化したのは、父と母の寝室です。母がいなくなってからは、父が一人で使っていましたが。その日の夜、私はクローゼットを挟んで隣の子ども部屋で寝ていました。夜中の二時くらいに大きな物音で目覚めた私は、ベッドから飛び起きて部屋を出ました。そうしたら、廊下にいた父が必死に寝室のドアを押えていたんです」

「それは……誰かを閉じ込めていたのか？　例えば、泥棒とか」

「私もそう思って、家の電話で警察を呼ぶため一階に下りようとしたんです。そうしたら、父は『大丈夫だから、紗奈は寝なさい』と言いました。ただ事じゃないことはわかっていたので反発すると、父は鬼の形相で『言うことを聞きなさい！』と怒鳴ったんです。あまりにも怖くて、わけがわからなくて、言われた通り部屋に戻った私は布団の中で震えていました」

あの日の恐怖を思い出し、織家の手のひらには嫌な汗が滲《にじ》んでいた。

「それで、お父さんはどうなったんだ？」

「無事でしたよ。朝目覚めておそるおそる一階に下りたら、いつもより上機嫌で朝食を作る父の姿がありました。昨晩の出来事は悪い夢だったんじゃないかと思ったんですが

――違いました」

一階へ下りる前に、織家はしっかりと見てしまっていたのだ。

「寝室のドアの四方がガムテープで隙間なく目張りされていて、玄関に貼ってあったは

ずの厄除《やくよ》けの札がなぜかそこに貼ってあったんです。極めつけは、貼り紙に大きく書かれた『絶対に開けるな』という父の文字。その日以降、寝室のドアが開けられたことは私の知る限り一度もありません」

天木は腕を組み正面を見つめたまま、織家の一言一句を頭の中に落とし込んでいるようだった。そうする中で生まれた疑問を、順番に織家へと投げかける。

「開かずの間が生まれた理由に、心当たりは？」

「やっぱり……母のことが関係しているんだと思います。私は十歳の時に母を失い、それ以来定期的に母の霊を見ていることは天木さんにも話しましたよね？　開かずの間が生まれたのは、母を失ってからひと月後くらいの出来事なんです」

「つまり……君のお父さんは、精神的に参っていたということか？」

「はい。恥ずかしながら、私の父は人一倍執着心が強い人間なんです。娘である私の立場から見ても若干引くくらいに、父は母のことを溺愛《できあい》していました。そんな母を失えば、異常な行動の一つや二つ取ったとしてもおかしくないと思います」

織家が横浜の大学へ進学することに父が今でも反対している理由は、母を失ったことで娘に集中した執着心だと織家は受け取っていた。娘を目の届くところに置いておきたいなんてことは、父親であれば多少は思うことなのかもしれない。しかし、娘の夢や努力を否定してまで自分の希望を優先してしまうのは、父親とはいえ、少し行き過ぎた行動だと思わざるを得ない。

天木は「そうか」と呟《つぶや》くと、次の質問に移る。

「ドアを開けてはいけない理由について、君のお父さんに尋ねたことは？」

「もちろんあります。でも、適当な理由をつけてはぐらかすだけなんですよ」

「開けてしまおうとは思わなかったのか？」

「……一度だけあります。開かずの間が生まれて、一週間後くらいでした。父が仕事で家にいない時に、目張りのガムテープを思い切って剝《は》がしてみたんです。でも、ドアは開きませんでした」

「なぜ？」

「ガムテープの内側は、建具とドア枠とが何か所もビス止めされていたんです」

そんなことは、電動ドライバーでもなければ不可能である。織家が寝ている時にそんな音を出せばさすがに気づくので、父は織家が学校で留守のうちに一旦《いったん》ガムテープを剝ぎ、ビス止めを行ってから再度目張りをしたのだろう。

「私はドアを開けることを断念したんですが、ガムテープを一度剝がしたことはあっさり父にばれて、きつく怒られました。怒り狂う父の言葉はほぼ聞き取れないくらい崩れていましたが、一言だけはっきりと聞こえたものがあります」

「それは？」

織家は短く息を吸い「逃げちまうだろうが、です」と答えた。天木は顎《あご》の辺りを擦《さす》りながら、座席に深く身を預ける。

「逃げちまう……ということは、君のお父さんは寝室に何かを閉じ込めているということか」

「私もそう思います。——というより、あの開かずの間の中に何者かがいることは確定しているんです」

その証言が意外だったのか、天木は怪訝《けげん》そうな顔を織家に向ける。

「どういうことだ？」

「私の部屋はクローゼットを挟んで寝室の隣だって言いましたよね？　寝室が開かずの間になって以降、当然父は別の部屋で寝ています。それなのに、夜中になるとたまにクローゼットの向こう側からドンドンと壁を叩《たた》く音が聞こえてくるんです。……信じられますか、天木さん。私はそんな部屋で、約八年間も毎日眠っていたんですよ？」

酷《ひど》い境遇に、我がことながら織家は嘲笑《ちょうしょう》に近い笑みを零《こぼ》してしまう。この経験があったからコーポ松風で暮らせていたり、怪しいもの尽くしの天木の事務所にもすぐ慣れることができた部分はあるのかもしれないが、少なくとも開かずの間の主に感謝しようという気にはなれなかった。

「父親に相談はしなかったのか？」

「しましたよ。ガムテープを剝いだ時みたいにまた怒られるかもって身構えていたんですけど……」

織家は言葉を詰まらせ、蘇《よみがえ》った嫌な記憶に蓋《ふた》をしたい衝動に駆られる。だが、天木に依頼したのは自分自身なのだ。きちんと、自分の口から伝えなければならない。

「私の話を聞いた父は——笑ったんです。ニタニタと表現するのが相応《ふさわ》しい、粘りつくような気味の悪い笑みでした。オカルト絡みの話をしたら父がまたあの顔で笑うんじゃないかと思うと、怖くて怖くて……だから、母の霊が見えることすら未《いま》だに伝えられていないんです」

尻すぼみに小さくなりつつも、織家はどうにか語り終えた。天木は「よく話してくれたな」と、優しい言葉をかけてくれた。それが嬉《うれ》しい反面、子ども扱いされているような気分にもなり、目尻に溜まっていた涙を拭《ぬぐ》った織家は頭を起こした。

「……あ。でも、勘違いしないでくださいね。私は父の執着心の強さや不気味な一面が確かに嫌いではあるんですけど、感謝していないわけではないんです。マイナスイメージなエピソードばかり伝えましたけど、遊園地には何度も連れていってもらったし、誕生日やクリスマスには何でも買ってくれました。ここまで何不自由なく育ててくれたことには、本当に感謝しています。父はここ数年体調も崩しがちですし、いつでも気兼ねなく実家に帰り、父に会えるようになりたいんです」

「ああ、わかっているよ。そうでなければ、君はわざわざ身銭を切ってまで僕に実家の調査など依頼しなかっただろうからな」

天木の言う通り、コーポ松風の時とは異なり、織家は今回きちんと報酬を支払う形で調査を依頼している。もっとも、支払いは分割だが。天木は必要ないと言ったのだが、織家は払うと言って聞かなかったのだ。

身内だからといって、甘えてばかりはいられない。それに、今回の依頼は実家を蔑《ないがし》ろにして出てきてしまった自分に対するけじめでもあった。

「天木さん。絶対に解決しましょう。私も泣き言は言わずに、いくらでも協力しますから」

ぐずぐずはしていられない。事態は一刻を争うと思っておいた方がいい。

「絶対に解決するんだ。絶対に……」

織家は繰り返し、自分へ言い聞かせるようにそう呟いた。

◆

新幹線は問題なく福島県に入り、二人は郡山《こおりやま》駅で下車する。そこから磐越西線《ばんえつさいせん》に乗り換えて、会津若松《あいづわかまつ》市を目指した。赤い牛の形をした福島の民芸品である『赤べこ』の巨大なオブジェが駅前に設置されており、それに見送られる形で今度はバスに乗り込んだ。

バスは市の中心地から西の方面へと遠ざかっていく。外の景色からは見る見るうちに建物の数が減り、代わりに畑の緑が占める割合が増えていく。程なくして、錆《さ》びた看板が立っているだけの寂しいバス停で二人は下車した。

「ほんと田舎ですよね。不便ったらないです」

「いい風景じゃないか。地元の良さには、離れてから気づくものだ」

　織家は地元を出てまだ三か月ほどなので、あまり実感は湧かなかった。だが、この先数年も経てばそう思えるようになるものなのかもしれない。

「じゃあ、案内しますね」

告げて、織家は歩き出す。辺りを見渡しながら、天木がその後をついてきた。

目的地である織家の実家が見えてきたのは、十五分ほど歩いた頃だった。古い造りの民家が軒を連ねる中で、塗り壁調と煉瓦調のツートンカラーという洋風の見た目はよく目立っていた。バルコニーだけ飛び出してはいるが、構造的には一階と二階の面積がほぼ同じ総二階である。

「開かずの間はどの辺りだ？」

「裏側なので、正面からは見えません。私の部屋は向かって右側なので、寝室はその奥になります」

織家の説明を受けて、天木は興味深そうに織家の部屋の窓を眺めていた。

「つまり、バルコニーに面している部屋ではないんだな」

「はい。なので、仮に窓の鍵《かぎ》がかかっていなかったとしても、開かずの間に誰かが出入りして間仕切り壁をドンドン叩いていたなんてことはあり得ません。まあ、梯子《はしご》を使えば不可能ではないかもしれませんが……」

「いや、その線は考えなくていいだろう。そんな露骨な方法に君が八年間も気づかなかったとは、とても思えない」

天木の結論が自分と同じだったことに、織家は安堵《あんど》した。

「だが、開かずの間の中は覗《のぞ》いておきたいな。それこそ梯子かドローン辺りが必要になるだろうが」

「無理ですよ。外から見る限り、開かずの間のカーテンは全て閉じていましたから。都合よく鍵が開いているとも思えませんし」

そんなやり取りの最中《さなか》、織家は不意に「あっ」と小さく声を漏らした。

カーポートの下に、父の愛車である白いセダンが停まっているのだ。織家がスマホを取り出し確認した時刻は、午後の四時辺りを表示している。

「お父さん、家にいるみたいです。まだ仕事の時間のはずなのに」

「家にいてはまずいのか？　帰ると連絡は入れてあるんだろう？」

「そうですけど、まだ帰ってないと思っていたから心の準備が……」

織家があたふたとしているうちに、玄関のドアが開いた。顔を覗かせたのは、目鼻立ちのはっきりとした年相応の中年男性。もちろん、織家の父である。三か月前の父と比べると、織家の目には少し頬がこけているように見えた。

父は織家を見つけると、緩み切った笑顔を見せる。しかし、隣にいる天木に気づいた途端にその表情を強張《こわば》らせた。天木は、困った様子で頭を掻《か》いている。

織家は二人の仲をどうにか取り持とうと頭をフル回転させたが、その必要はなかった。

父は縄張りを守る虎のような目つきから一変、再び笑顔を咲かせる。

「紗奈！　おかえり！」

「ただいま。……お父さん、仕事はどうしたの？」

「お前が帰ってくると聞いていたから、早退したんだ。疲れただろう。さあ、中に入りなさい」

娘を家の中へ誘導すると、織家の父は天木へと向き直る。天木は名刺を取り出すと、両手で持って差し出した。

「初めまして。天木建築設計代表の天木悟と申します」

「存じております。娘はあなたの大ファンですから。紗奈の父の啓介《けいすけ》と申します。本日は遠いところ、足を運んでいただきありがとうございます」

今回の実家訪問について、織家の父である啓介にはもちろん開かずの間の調査で行くとは伝えていない。バイト先の設計事務所の仕事で福島に行くので、その足で顔を出したという体になっている。

啓介の天木に対する態度は、非常に礼儀正しかった。最初に天木を見た時のあの反応は、形はどうあれ娘が男性を連れて来たことに対する過剰な反応だったのだろう。

「どうぞ、天木さんも上がってください」

「はい。お邪魔します」

そうして、天木も開かずの間を秘める織家邸の中へと招き入れられた。

◆

「それで、その時娘が言ったんですよ。将来は絶対にパパのお嫁さんになるって。覚えてるか、紗奈？」

「お父さん。飲み過ぎ」

時刻は午後八時。ＬＤＫのダイニングテーブルにて、啓介はすっかり酔っぱらっていた。天木が手土産に駅で買ってきた地酒の純米吟醸とウイスキーは、どちらももう僅《わず》かしか残っていない。

「あんまり飲むと体に悪いよ。前よりやつれてる気がするし……今日だって、本当は体調不良で早退したんじゃないの？」

「医者はどこも悪いところはないと言っているんだ。心配ないよ」

本人はそう言っているが、娘の目から見ても具合が悪そうなのだから、やはりどこかに異常があると考えるべきである。織家の心配を余所《よそ》に、啓介はアルコールの力と、娘と過ごす久々の時間のおかげか、すっかり上機嫌になっていた。

「お父さんのことを心配してくれるなんて、優しいなぁ紗奈は」

「……言っておくけど、大学進学を認めてくれてないこと、私まだ怒ってるんだからね」

べろんべろんな啓介は、織家の怒りなど意に介していない様子だ。そんな親子のやり取りを、天木が対面の席で目を細め眺めている。天木も啓介と同じくらいの量を飲んでいるはずだが、顔色や言動に変化はない。ログハウスの時も思ったが、酒には相当強いようだ。

「お水を飲んだ方がいいですよ」と、天木が立ち上がりキッチンに向かう。その際、彼は電話台の上に飾られた一枚の家族写真に目を止めた。遊園地の観覧車を背景に写っているのは、小学校低学年辺りの織家と、頬がこけておらず今よりも若々しい啓介。そしてもう一人、綺麗《きれい》な女性が微笑んでいる。

写真を見ている天木に、啓介が若干呂律《ろれつ》のおかしくなっている口調で声をかけた。

「いい写真でしょう。一緒に写っているのは、私の自慢の妻の紗月《さつき》です。紗奈から聞いているかもしれませんが、紗月は紗奈が十歳の時に……ううっ」

テーブルに伏して泣き出す父に、織家は「もう」と溜息《ためいき》を落とした。天木は戸棚から取ったガラスのコップにミネラルウォーターを注ぎ、二人の下へと戻ってくる。

「そう気を落とさずに。さあ、お水です」

「ありがとうございます、天木さん。ぜひ、今日は家に泊まっていってくださいね」

怪現象が起こるのは、やはり夜も深まってからのことが多い。密《ひそ》かに待ち望んでいたのだろう言葉を貰《もら》った天木は「お言葉に甘えさせていただきます」と頭を下げた。啓介は上機嫌に水の入ったコップを呷《あお》ると、忘れていたといった様子で言葉を付け加える。

「でも、寝るのはここでお願いしますね。うちは狭いもので、使える部屋が二階にある私の部屋と娘の部屋しかないんです」

「はい。もちろん構いませんよ」

笑顔で応《こた》える天木は、いい感じに酔いの回っている啓介に目を光らせた。そろそろ仕掛ける頃合いだと判断したのだろう。思考回路がふわふわとしていれば、人はついつい余計なことまで話してしまうものである。

「しかし、二階は二部屋なんですね。外から見た感じですと、三部屋はあると思ったんですが」

建築士の視点から、部屋数の疑問に切り込む。すると、それまでへらへらとしていた啓介は、途端に口を横一文字に結んだ。踏み込むにはまだ早かったかと、織家は苦い顔をする。

和やかなムードが一変、張り詰めた緊張感が辺りを包んだ。

「……紗奈。あの部屋のことを、天木さんに話したのか？」

啓介の視線に、怯《ひる》んだ織家は俯《うつむ》く。だが、引き下がる真似はしない。

「……うん、話したよ。あの部屋のことは私もずっと気になってたし、相談できる相手がいたら話だけでも聞いてもらうのは普通のことでしょ」

娘の反論に長い溜息で応えた啓介は、天木に取り繕うような上っ面だけの笑顔を向けた。

「気にしないでください、天木さん。二階の一室が風水的に良くない方角の部屋だったので、使わないようにしているというだけの話ですよ」

それが下手な嘘であることは、もちろん天木もわかっているだろう。だが、これ以上藪《やぶ》をつくのは得策ではないと判断したのか、彼は「そうでしたか」と静かに応えて、グラスに残っていた琥珀《こはく》色のウィスキーを喉《のど》の奥に流し込んだ。

「そうです。ドアを開けたところで、中に大したものはありません。ですから」

啓介は立ち上がると天木の下まで歩み寄る。そして、わざわざ彼の耳元で伝えた。

「絶対に、開けないでくださいね？」

異常なその念押しに、織家は表情を歪《ゆが》ませる。そんな中でも、天木は眉《まゆ》一つ動かさずに「肝に銘じておきます」と答えた。それに満足したのか、啓介は何事もなかったかのように昔の娘の話に話題を戻していった。

◆

啓介が上機嫌で浴室へ向かうのを見送ると、織家は溜息をついて手の甲で額の汗を拭《ぬぐ》った。久々に会ったこともあってか、父と同じ空間にいることで妙に緊張してしまっていたようだった。

「さて、いろいろと調べるには今がチャンスだな」

酔いの欠片《かけら》も感じられない天木が、間違っても声が浴室まで届かないよう小声で提案する。織家も、その声量に合わせて口を開いた。

「父は長風呂《ながぶろ》ですから、少なく見積もっても三十分くらいは大丈夫です。何から手をつけましょうか？」

「まずは、その開かずの間がある二階に行ってみよう」

天木の提案を受け入れ、二人は音を立てぬようＬＤＫを出ると、浴室の真横に位置する階段を薄氷の上を歩くように上る。たっぷりと時間をかけて、ようやく二階の廊下までやって来た。

二階は三部屋だが、入口は五か所ある。そのうちの二か所は、トイレとウォークインクローゼットだ。全てのドアは木目プリントのシンプルな扉で、ガラスなどは嵌《は》め込まれていない。見た目が同じとはいえ、どれが開かずの間へ繋《つな》がっているのかは一目瞭然《いちもくりょうぜん》だった。

織家の証言通り、そのドアは四方がガムテープで隙間なく目張りされている。経年劣化で色褪《いろあ》せているお札も正面に貼られており、大きな字で『絶対に開けるな』と書かれた貼り紙もしっかりと残されていた。

「……どうします？」

久々に見た開かずの間が恐ろしく、織家は天木の背に隠れる形で彼に問う。

「やはり、できることなら中を確認させてもらいたいが……仮に梯子《はしご》やドローンがあったとしても、窓のカーテンが閉まっているから外から覗《のぞ》くのは無理という話だったな」

その通りである。他の方法も考えてみるが、コーポ松風の時のように壁に穴を開けようものなら音で啓介に気づかれてしまうし、今のうちにガムテープを剝《は》いだところで、建具と枠材はビス止めされているので開かない。やはり、中を確認するのは不可能だ。

しかし、天木はまだ諦《あきら》めていないようだった。

「一つだけ、手が残されている」

天木の言葉に、織家は食いつく。

「それって、どんな方法ですか？　私、何でも協力しますよ！」

「では……そうだな。まず、織家くんの部屋に入れてもらえるか？」

特に拒む理由はないので、頷《うなず》いた織家は僅《わず》か数歩先にある自室のドアの前に移動する。

建具には、わかりやすく『ＳＡＮＡ』とローマ字で書かれたネームプレートが掛かっていた。

ドアノブに手を伸ばした織家は、開けようとして思い留《とど》まる。

「……ちょっとだけ、待っててもらえますか？」

「構わないよ」

律儀に目を閉じてくれた天木を廊下に残して、織家は一人で自室に入りドアを閉める。

部屋の照明をつけると、無防備にドアを開けようとした時に感じた嫌な予感は見事に的中していた。

「あっぶなー……」

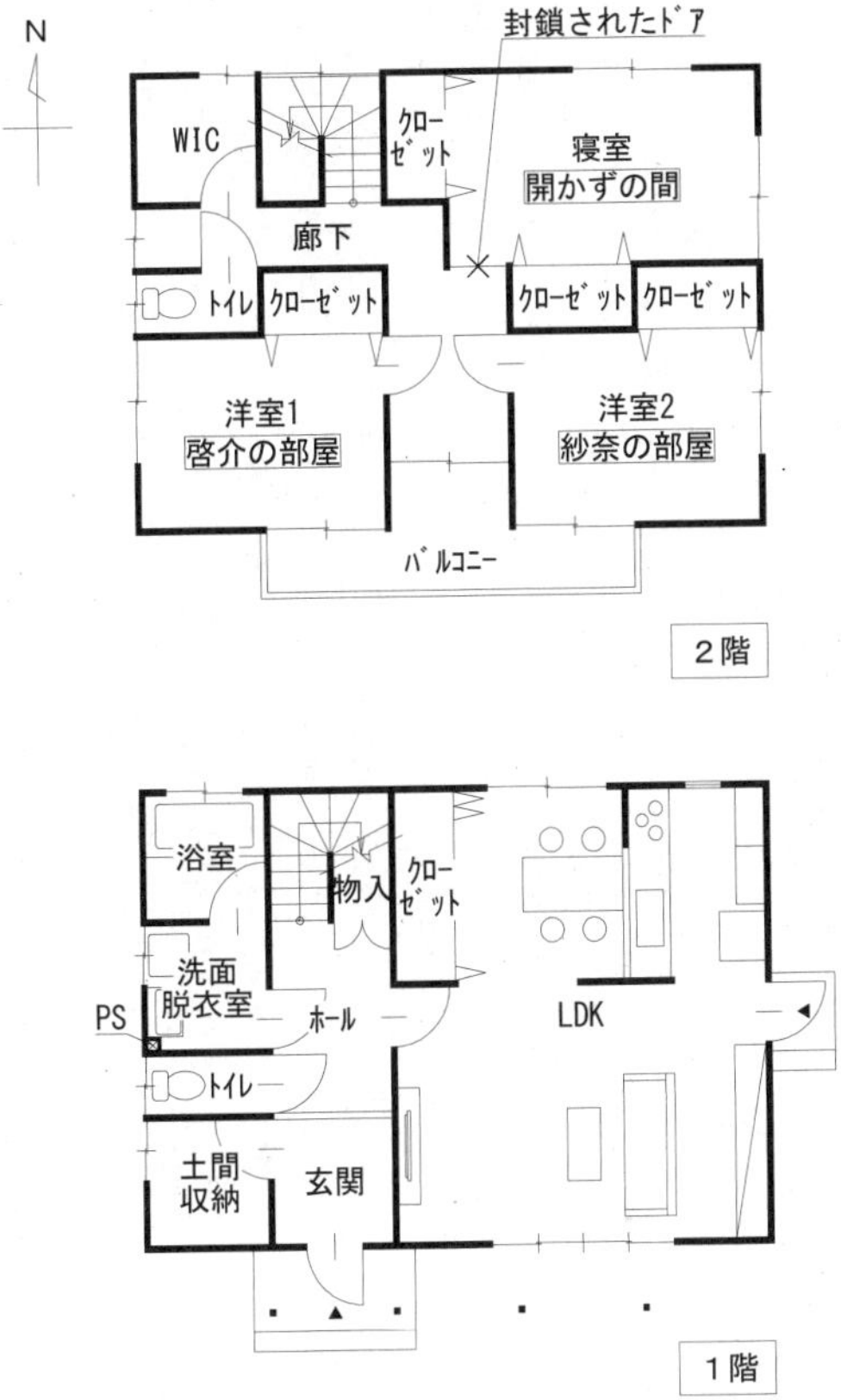
N
封鎖されたドア
WIC
クローゼット
寝室
開かずの間
廊下
トイレ
クローゼット
クローゼット
クローゼット
洋室1
啓介の部屋
洋室2
紗奈の部屋
バルコニー
2階
浴室
物入
クローゼット
洗面
脱衣室
PS
ホール
LDK
トイレ
土間
収納
玄関
1階

織家邸

小声で一人そう零《こぼ》す織家の視線の先にあるのは、小学生の頃からずっと使い続けていた勉強机。その正面の壁に、天木が載っていたファッション誌の一ページが貼り付けてあるのだ。

赤いインナーに艶《つや》のある黒い革ジャンを羽織った天木が、片手をポケットに入れてポーズを取っている。彼のファンだった織家が、厳選したお気に入りの一枚だった。これを本人に見られようものなら、恥ずかしさで死んでしまう。

それを剥ぎ取り丸めると、隠すためにクローゼットを開ける。なるべく奥の方にと腕を突っ込むと、指先に何かが当たった。持った感触は、硬い小さな箱のような物のようだ。

「何だろう?」

織家は、それを奥から引っ張り出す。――そして、辞めておけばよかったと後悔した。

木製であるその箱はハガキほどの大きさで、一面にだけ透明なガラス板が嵌め込まれていた。そこから見える中身は――アゲハチョウの標本だった。

湿気対策をするでもなく、防虫剤を使うでもなく、ただクローゼットの中に突っ込んでいただけ。標本は、箱の中ですっかりカビが生えてしまっていた。

思い返せば、この標本こそ織家が啓介の執着心の強さを知った最初の出来事だった。逃がさなければ死んでしまう蝶《ちょう》を、啓介は『必ず後悔することになる』と手放さないよう訴えた。そして、死後にこうして標本にして織家に手渡したのだ。

だが、啓介を責められる立場ではないことは、織家も自覚している。父に反対されようが、虫籠《むしかご》の蓋《ふた》を開ければ蝶は逃げることができていた。結局のところ、蝶を見殺しにしてまで手元に置いておきたいと願ってしまったのは、他でもない白分自身なのだから。

先ほど剝がした天木の雑誌掲載ページも、ファンと言えば聞こえはいいが、執着と言えば否定はできない。だが、何かを好きでいるうえで一定の執着心とは必要不可欠なものだろう。

三か月ぶりに入ったこの部屋が綺麗《きれい》に掃除されているのも、ベッドの布団がきっちりと敷かれているのも、泊まることを考慮して啓介が準備してくれたからである。確かな愛情を感じているからこそ、大学を反対されても、不気味な過去の出来事が脳裏にこびりついていても、織家は父親のことを嫌いになりきれないでいる。

いい加減に、はっきりさせたいのだ。開かずの間は、なぜそうなってしまったのか。向こう側から壁を叩《たた》いてくるのは何者なのか。そして、啓介は開かずの間に誰かがいると泣いて訴える娘の前で、なぜ不気味な笑みを見せたのか。

「織家くん。まだか？」

ドアの向こうの天木の声で、織家は彼を待たせていることを思い出す。標本をクローゼットに戻して戸を閉めると、慌てて天木を招き入れた。

天木は、女子の部屋に初めて入った男子中学生のように室内の隅々に目を向けて観察している。隠すべきものはきっちりと隠したのだが、織家はそれでも若干の気恥ずかしさに襲われた。

「それで、今から何をするんですか？」

「ではまず、君はそこのベッドで横になり目を閉じてくれ」

さらりと告げられた指示を、頭の中で復唱した。顔を赤くした織家は、身を守るように肩を抱き天木から距離を取る。

「なっ……何を考えているんですか？」

「君の方こそ、一体何を考えているんだ。いいか？　これから行うのは一種のテストだ。上手《うま》くいけば、開かずの間の中を確認することができる」

「……はい？」

天木の言葉の意味が、織家には理解できなかった。覗くことのできない密室の中を、ベッドで横になることで探れるわけがない。質問しようにも、そもそも何を訊《き》けばいいのかすらわからなかった。

「織家くん。今は時間が惜しい。やりながら説明するから、試すだけ試してみてくれ」

調査を依頼したのは自分であり、先ほど何でも協力すると言ったばかりだ。織家は言われた通りベッドに上がると、そこで仰向《あおむ》けになった。

「では始めるぞ。目を瞑《つぶ》ってくれ」

勉強机の椅子を引き腰かけた天木の指示に従い、織家はゆっくりと目を閉じる。そして、何一つ理解できないまま開かずの間を探ることのできる方法とやらが始まった。

「まずはこの建物の外観を、できるだけ鮮明に思い出してほしい」

十年近く暮らした家なのだ。そのくらい、何も難しくない。玄関ポーチのタイルが一枚割れていることから、北側の外壁に苔《こけ》が付着していることまで、織家は頭の中で詳細に家の外観を形作る。

「イメージができたら、君の視点を玄関の前まで歩かせてくれ」

「……はい。着きました」

「そのまま玄関ドアから中に入り、家の窓を全て開けて来てほしい」

ここで織家は、天木が試そうとしている『開かずの間の中を確認できる方法』がどのようなものなのかを理解する。つまるところ、織家の想像の中でなら何の問題もなくあの部屋に入ることができるということだ。

だが、そんなことをして何の意味があるのだろうか。当然の疑問は頭を過《よぎ》るが、天木のことだ。何か理由があるはずである。言われた通りに、織家は頭の中で一階から順に各部屋を回り始める。

玄関に入り、まずは左手にある土間収納の窓を開ける。ホールに上がると、右折してLDKへ向かった。全ての窓を開けてホールに戻るとトイレ、洗面脱衣室、そして浴室と巡っていく。

一階が終わり、二階へと階段を上る。手始めにトイレとウォークインクローゼットの窓を開け、啓介の部屋に入る。自室の窓も忘れずに開ければ、残るは件《くだん》の開かずの間のみ。

向かい合うドアには、貼り紙もなければお札もなく、もちろんガムテープの目張りもビスもない。あの頃の——夫婦の寝室として使用していた時のままである。やや緊張しつつ、ドアノブに手を伸ばす。開かずの間のドアはすんなりと開き、織家を中へと招き入れた。そして、その中には——。

全ての窓を開けたら一度玄関へ戻り、今度は全ての窓を閉めてくる。それを終えると、天木から目を開ける許しが出た。照明の光に目を瞬《しばた》かせながら、織家はゆっくりとベッドから身を起こす。

「……終わりましたけど、これって結局何なんですか？」

「先に伝えると意識してしまうと思い伏せていたんだが、これは自分に霊感があるかどうかを確認する霊感テストの一種だ。とは言っても、ネット上に転がっている眉唾《まゆつば》ものの一つでしかないが」

「霊感テストって、私に霊感があることはわかってるじゃないですか。もしかして、疑っているんですか？」

「そうではない。君に霊感があることが確定しているからこそ、今回の件ではこのテストが有効だと判断したのだ」

織家を宥《なだ》めるような口調で説明すると、天木はその内容について言及する。

「このテストにおける霊感のありなしの判断は、家の中で人に会うかどうかという点だ。

想像の中の家で人と遭遇したのなら、その人には霊感があり、なおかつ家に幽霊がいるということになるらしい」

それを聞いた織家は、天木が先にテストの内容を打ち明けなかったことに納得した。確かに、あらかじめ教えられていたら変に意識してしまい、頭の中で勝手に人を出現させてしまっていただろう。この方法は、寧《むし》ろ意識させることで霊感のない人たちにも人を目撃させて『霊感があるのかも』という気持ちにさせること自体が目的なのかもしれない。

「というわけなんだが、家の中で誰かに会ったか？」

「……会いました。開かずの間の中で。でも、霊ではないですよ」

「なぜそう断言できる？」

「だって――」

織家の口からその名前を聞いた天木は、顎《あご》に手を添えて眉根を寄せた。織家自身は、その人が現れたのは頭の中で意識してしまっていたからだと考えている。夢の中にその日の出来事が反映されるのと似たようなものだ。

「開かずの間の中に限らず、家の中で他に誰かと会わなかったか？」

首を横に振る織家に、天木は「そうか」と少し当てが外れたといった表情を見せた。

その様子で、織家は天木が何を期待していたのかを察する。

「天木さんは、私が開かずの間の中で母の霊を見ることを期待していたんですか？」

「いや……そういうわけではない」

口ではそう言っているが、天木が苦い顔をするのを織家は見逃さなかった。

「わかりますよ。方法は別として、父が母の霊をあの部屋の中に閉じ込めていると考えているんですよね？」

「待ってくれ織家くん。君から啓介さんの執着の強さは聞いていたから、その線も考えなくはなかった。だが」

「気を遣わないでください。あの父ならやりかねないと、娘ながら思います。でも、あり得ないんですよ天木さん。前に伝えましたよね？　母の霊は、子どもの頃から今までずっと私の前に定期的に現れているんです」

その存在を織家は守護霊として受け取り、心の支えにしてこれまで生きてきた。霊感が見せる嫌な存在の数々も、母が見えることとの引き換えであれば仕方がないと思うことができた。

母の霊がもしも開かずの間に閉じ込められているのなら、織家の前に出て来られるはずがない。わざわざ壁をドンドンと叩き、織家を怖がらせる理由もない。だから、開かずの間にいるのが母でないことだけは幼い頃から確信していた。

「……他に何か、やっておくべきことはありますか？」

織家が静かに問うと、天木は少し遠慮気味に考えを述べた。

「あとは、君が寝る時に壁を叩かれるのを待つくらいだろうか。そこでさらに情報が得られるかもしれない」

　霊が現れなければ、対処のしようがない。それはわかるが、少なくとも天木はこの家に何泊もできるわけではない。そして、都合よく今夜霊が壁を叩いてくる確証も当然なかった。

「……わかりました。ドアを破壊しましょう」

　織家は天木の座っていた椅子を持ち上げると、そのまま部屋を出ようとした。しかし、天木に肩を摑《つか》まれ止められる。

「そんなことをしたら、啓介さんがすぐに上がって来るぞ」

「構いません。今までだんまりを決め込んでいた父が悪いんです。一気に壊してしまえば、父が風呂《ふろ》を出て上がってくるまでに十分中を調べることができます」

「落ち着くんだ、織家くん。どうした？　先ほどから、君らしくもない。何をそんなに焦っている」

「焦りもしますよ！」

　織家は涙を溜《た》めた瞳《ひとみ》で、天木に訴える。

「だって、このままだとこの家も白い家みたいになってしまうかもしれないじゃないですか！」

　今にも涙が零《こぼ》れ出しそうな織家を前に、天木は「そうか……知ってしまったのか」と小さく息をついた。

「あの家を、実際に見たのか？」

「……はい。酷《ひど》い荒れ具合でした。あれでは、今まで探していて見つからなかったのも納得できます」

織家は横浜に来て早々に、記憶を頼りに白い家を探していた。しかし、見つけることができないでいた。それは、当時の綺麗《きれい》な印象が深く残り過ぎていたがためだったのである。あの状態では、気づかないのも当然だ。

そして、衝撃的だったのはその荒れ具合とはまた別にある。

「あの家には……何かがいました。明らかに誰も住んでいない家の中に、得体の知れない何かが」

思い出すだけで、体が勝手に震え出す。自身を抱き締める織家に、天木はそっと語りかけた。

「それは、怖い思いをさせてしまったな。こんなことになるなら、もっと早く事情を話して近づかないよう止めておくべきだった。すまない」

天木が謝る必要はない。行くと決めたのは、自分の判断なのだから。だが、知ってしまった以上後戻りはできない。

「天木さん。あの家で一体何があったんですか？」

「……わからない。わかっているのは、あの家に何かが居座っていることだけだ」

その何かは、間違いなく川上邸の時のようなホームレスではない。幼い頃から多くの霊を見てきた織家の霊感がそう告げている。

「……調査はしないんですか？」

「もちろんしたよ。信頼できる霊媒師や除霊師にも同行を依頼して、何度か解決を試みた。……でも、原因の一端すら掴めない。それどころか、危うく死人が出るところだった」

天木は頭を抱えて、ベッドの上に座り込んだ。

「あの事故物件は、はっきり言って格が違う。今の僕では、太刀打ちできないんだ」

樹木子にも臆《おく》さず、包丁を持ったホームレスにも毅然《きぜん》と対応した天木にここまで言わせる怪異とは、一体どれほどのものなのか。織家には、想像することすら難しい。

項垂《うなだ》れていた天木だったが、上げられた顔には笑みが湛《たた》えられていた。

「でも、あの家を諦《あきら》めるつもりはない。だから僕は、自ら進んで大嫌いなオカルトを調査しているんだ。探求を繰り返せば、いつかあの家を取り戻せる方法が見つかるかもしれない。あの家は、また誰かを幸せにすることができるかもしれないから」

かつて、大講義室で教授の霊を祓《はら》った後で、天木は織家に『オカルトが大嫌いだ』と言っていた。その理由を、ようやく今本人の口から聞くことができた。

彼は、興味本位でオカルトに手を出しているわけでもなければ、自分の趣味のために織家を事故物件調査に巻き込んでいたわけでもない。

全ては、自分がかつて設計した、たった一軒の家を救いたいがための行動だったのだ。

天木は、織家の肩に優しく手を置く。

「安心してくれ、織家くん。君のおかげで、開かずの間の中身についての目星はついた。君の実家が白い家のようになることはない。君の憧《あこが》れの家をあんなふうにしてしまった男の言葉では信頼するに足りないかもしれないが……どうか、僕に任せてくれないだろうか？」

「もちろん、任せます！　天木さんを信じます！　私、何も知らなくて……ごめんなさい」

「謝らないでくれ。それに、僕一人での解決は難しいんだ。これから作戦を伝える。協力してくれるか？」

その申し出に、織家は深く頷《うなず》いた。

◆

二人は、啓介が浴室を出るまでにLDKへと戻った。その後は順番で風呂に入り、何事もなく就寝の時間を迎える。

啓介から前もって言われていた通り、天木はLDKに布団を敷きそこで寝ることになった。啓介と織家は、もちろん二階のそれぞれの自室である。

実家の自分の部屋で寝るのは、織家にとって久しぶりのことだった。常夜灯の橙色《だいだいいろ》の明かりが照らし出す見慣れたはずの天井が、少しだけ新鮮に思える。

仰向けのまま首を捻《ひね》り目を向けたのは、クローゼットの方。壁を叩《たた》く音は今のところ聞こえてこないが、次の瞬間にでもドンドンと音が鳴るかもと想像すると、怖くなりタオルケットを頭まで被《かぶ》ってしまう。

怪現象が起きても起きなくても、悲鳴を上げて天木と啓介を自室に呼び寄せるというのが、天木に与えられた織家の役割だった。しかし、実際に怪現象が起こってくれた方が、天木としては手持ちの情報が増えるのでありがたいとのこと。布団に入って一時間ほど経過したが、音を上げるにはまだ早いだろうか。

織家が思い返すのは、天木から聞いた白い家のこと。あの素敵な夢の家が陥っている、目を背けたくなるような現状は衝撃的であり、住み着いている何者かのせいで、正直もう二度と近づきたくないと思ってしまっている自分がいる。

初めて見た白い家は、本当に素晴らしかった。目を閉じれば、今でもあの美しい外観はもちろん、中の間取りまで鮮明に思い出すことができる。記憶の中で完成見学会で見せてもらった間取りを一部屋ずつ思い返して回っている時、織家はふと気づく。

これは——天木と行った霊感テストと同じなのではないだろうか。

織家は脳内の白い家の中で、一階の廊下に立っていた。目と鼻の先にはクローゼットがあり、その戸が少しだけ開いている。隙間の奥の暗がりから感じる気配は——白い家へ赴いた際に、玄関から出てこようとしていた何者かと同じものだった。

目を開けばいいだけなのに、瞼《まぶた》は固まってしまったかのように動かない。それは四本の指を隙間から出すと、ゆっくりと戸を開ける。そこから覗《のぞ》く血走った眼球と、目が合った。

「――ッ!」

次の瞬間、どうにか目を開いた織家はタオルケットを吹き飛ばす勢いで身を起こす。熱帯夜でもないのに、体中が汗で気持ち悪いくらいに濡《ぬ》れていた。

「……今のは夢だ。悪い夢に決まってる」

必死でそう言い聞かせるも、自分を見つめるあの血走った目が頭から離れない。あの目は、無意識的に霊感テストを行っていたことに気づき、怖くなった自身が見せたまやかしに過ぎない。――はずなのに、あの目を前にも見たことがある気がしてならなかった。

すると、

ドンドンドン!

唐突に、拳《こぶし》で力強く壁を叩くような音が織家の鼓膜を揺さぶった。ベッドの上で小さく跳ね、咄嗟《とっさ》に身構える。

その音は、クローゼットの向こうにある開かずの間から響いていた。音の主は織家がいない間も壁を叩いていたのか。それとも、織家が帰ってきたから自分の存在を訴えようとしているのか。

怯《おび》えながらも、織家の頭は冷静だった。この音に関しては、我慢してきた八年間の経験があるので害はないことは知っている。悲鳴を上げて天木と啓介を呼ぶ手筈《てはず》になっているが、織家は思い留《とど》まった。

天木のために、もう少し情報を集めよう。開かずの間の解決のためか、それとも天木の影響のせいなのか、そんな考えが織家の頭に下りてきた。クローゼットの戸をそっと開き、ノックの音が響いてきた間仕切り壁の方へ耳を澄ませる。

「――出してくれ」

確かに聞こえた、人の声。しゃがれ切った低い声は、男女の判別すら難しいほどである。織家は体を震わせながら後退した。

確実に、誰かがいる。わかってはいたことだが、改めて確証を得ることでその恐怖が足のつま先から一気に喉元《のどもと》まで上がってきた。そこへ、再び壁を叩く音が二度響く。

「きゃあぁぁぁぁぁッ！」

織家の喉から溢《あふ》れた悲鳴は、天木と啓介を起こすには十分だったようだ。同じ階の啓介がいち早く織家の部屋に駆けつけ、一階にいた天木も僅《わず》かに遅れて合流する。

「どうした！　大丈夫か紗奈っ⁉」

啓介の呼びかけに、部屋の隅で蹲《うずくま》っていた織家は顔を上げた。目には、今にも零れ落ちそうなほどの涙が溜《た》まっている。仮に霊が出なくともこのようにして啓介を呼び出す作戦ではあったのだが、織家の様子を見れば本当に出現したのだと天木が察するのは難しくないだろう。

「やっぱり、隣の部屋の中には何かいるよ！　出してくれって声が聞こえたの！　お父さんは、あの部屋に何がいるか知っているんでしょ？」

第三者である天木がいるこの状況でそう訴えれば、啓介は織家のみを無理矢理納得させるという手段を取ることはできない。こうして逃げ道を封じるのが、天木から聞いていた作戦だった。黙りこくる啓介へ、天木は後ろから「泥棒かもしれませんね。警察を呼びましょうか？」と追い打ちをかける。

「駄目ですよ警察なんて！　娘の聞き間違いか、でなければ悪い夢でも見たのでしょう。昔から、たまにあったんですよ。ご迷惑をおかけしてすみません」

謝る啓介を見て、織家は思い返す。ずっとこうだったのだ。何度か訴えても勘違いや夢で納得させられて、そのうち怖いと訴えることもできなくなった。俯《うつむ》く織家を前に、その心中を察したのか、天木が目つきを変えて啓介に一歩踏み込む。

「いい加減にしてください、啓介さん。娘さんがここまで訴えているんですよ？」

「ですが、あの部屋に人が入れるわけがないんです」

「では、開けてみてください。それとも、開けられてはまずい理由でもあるんですか？」

「……黙れ！　駄目だと言っているだろう！」

吠《ほ》えた啓介は織家の部屋を出て、開かずの間の前に立ち塞《ふさ》がる。

「このドアは絶対に開けさせない！　絶対にだ！」

豹変《ひょうへん》した父を前に、織家は「お父さん……」と小さく零《こぼ》すことしかできないでいた。敵意を剥《む》き出しにしてドアを死守している啓介に、天木はさらなる追及の一手を打ち込む。

「そんなに嫌ですか。閉じ込めている奥さんの霊を自由にするのが」

核心を突く天木の言葉に、啓介は目を見開いた。動揺するその姿を見れば、それが開かずの間と化している理由であることは明らかだった。

だが、それはおかしい。母の霊は、これまでに何度も織家の前に現れている。つまり、閉じ込められているはずがないのだ。そのことを伝えようとした織家を、天木は黙って制する。まずは、啓介の話を聞き出すのが先だという判断のようだ。

長年秘密にしていた胸の内を見透かされた啓介は、ドアに背を預けたまま少しずつ語り始めた。

「……妻を失って、ひと月ほど経った頃でしょうか。夢と現実の狭間《はざま》で、あいつが私の枕元に立ってくれたんです。でも、それはお別れを言いに来たということじゃないですか。私はそれを受け入れたくなくて――気がついたら、部屋の外で寝室のドアを必死に押えていました」

開かずの間の誕生の真実をようやく知ることのできた織家は、同時に自分自身のミスにも気づく。織家には、母の霊が定期的に見えているから開かずの間の中にはいないと断定することができた。だが、啓介はそうではない。夢枕に立った一度きりの再会に固執し、閉じ込めた気になっていたのだ。

母の霊が見えることを織家が打ち明けていれば、開かずの間はとっくの昔に解放されていたのかもしれない。

「ガムテープもビス止めもお札も、全ては奥さんの霊を外に逃がさないためということですね？」

「……はい。ですが、こんなことで閉じ込められるなんて本心では思っていませんでした。相手は霊です。その気になれば、窓からでも壁からでも出ていけると考えた方が自然でしょう。それ以前に、枕元に立った妻は私の見た夢だった可能性だってある。……それでも、あの部屋を開ける気にはなれなかった。ですが、ある日紗奈が私に言ったんです」

啓介は――笑っていた。織家のトラウマとなっている粘りつくような気味の悪い笑みを浮かべて、天木に伝える。

「開かずの間から、壁を叩《たた》く音が聞こえるって。わかりますか？　天木さん。紗月はあの部屋にいるんですよ！　閉じ込めることができたんです！　逃げられるかもしれないので顔を見ることすらできませんが、そんなことはどうでもいい！　私たち夫婦は、これからもずっとずっと一緒なんだ！」

あまりにも自分勝手で、我儘《わがまま》な主張。織家が時折現れる母の霊に心を救われていたのと同様に、啓介は開かずの間の中に妻がいると思い続けていたからこそ、これまでどうにか絶望せずに生き続けることができたのかもしれない。

だが、違うのだ。開かずの間の中にいるのは、母ではない。そしてその存在を、これ以上寝室に留まらせるべきではない。だから、今ここで伝えなければならない。

「お父さん……聞いてくれる？」

天木より前に出た織家は、未《いま》だに不気味な笑みを張りつけている父に優しく語りかけた。

「私ね、小さい頃からずっと霊が見えてたの。お母さんの霊は、今も昔もずっと私の傍にいるんだよ。だから……お父さんが寝室に閉じ込めているのは、お母さんじゃないの」

娘の話を聞いた啓介の顔からは、じんわりと笑みが消えていく。紗月を閉じ込めることに成功したと思わせるに至った壁を叩く音を聞いている織家の言葉だからこそ、虚言だと切り捨てることはできないのだろう。

「そんな……馬鹿な！　だったら、この部屋には一体何がいると言うんだ！」

怒りというよりは、嘆きに近い訴えだった。啓介と視線を合わせようとしない織家に代わり、天木が提案する。

「気になるなら、開けてみればいい」

結局のところ、それしか方法はない。啓介にとって、まだ開かずの間の中に紗月がいるという可能性は捨てきれないだろう。とはいえ、織家から打ち明けられた内容も無視できるものではないはずだ。

しばらくの間黙っていた啓介だったが、やがて踏ん切りがついたようで一度自室に引っ込むと、電動ドライバーを手にして戻ってきた。

「一瞬開けて、確認するだけ……それならきっと、逃げられないはずだ」

天木と織家に向かってそう呟《つぶや》いていたが、それは自分自身に言い聞かせているようにしか思えなかった。

啓介はドアの四方のガムテープを剝《は》がすと、電動ドライバーを使って深く捻《ね》じ込んでいた長いビスを一本一本外していく。そして、開かずの間はついにいつでも開けられる状態となった。

ドアノブを握り締めた啓介は、一度大きく深呼吸を挟んだ後に、少しずつゆっくりとドアを開いた。すると──廊下の明かりが差し込む部屋の奥から、誰かの荒い息遣いが聞こえてくる。

すぐに閉めると言っていた啓介だったが、ドアを開けたまま体が完全に固まってしまっていた。その後ろにいる織家も、部屋へ向けた目を離すことができないでいる。やがて薄暗い室内に浮かび上がったのは──骨張った、男の輪郭。

「──ああ、やっと出られる」

しわがれた声と共に両手を前に突き出しこちらへ駆けてきたその男は、異常なまでに痩《や》せ細ってこそいたが──紛れもなく、啓介の姿をしていた。

「うわぁぁぁッ!?」

まさかの正体に驚き啓介が声を上げた頃には、もう一人の啓介はすでにドアの手前にまで迫っていた。後退しようとした啓介が尻餅《しりもち》をつくと同時に、開かずの間にいたもう一人がドアの外へと飛び出す。

倒れていた啓介はすぐに身を起こし、廊下へ出たはずであるもう一人の自分の姿を探した。しかし、不思議なことにあのガリガリに痩せた啓介はどこにも見当たらない。

「どっ、どこに行った!?　あの男は……わ、私なのか？」

啓介は、混乱する脳を制御しきれていない様子。織家もまた、今見た光景に理解が追いつかず、思考が恐怖する段階に至っていなかった。

「織家くん。何が出てきた？」

これといった反応を示していない天木には、案の定何も見えなかったようである。開かずの間から病的に痩せた啓介が出てきて消えてしまったことを織家が伝えると、天木は「やはりか」と自分の推測と重ね合わせている。

「やはりって……どういうことですか、天木さん？」

織家が問うと、啓介も気になるようで天木へ顔を向けた。親子の視線を受け、天木は開かずの間の中に長年潜んでいたものの正体を告げる。

「先ほど出てきたのは、啓介さんの生き霊です」

生き霊とは、読んで字の如く『生きている霊』というある意味矛盾した存在だ。生命活動が停止した際に肉体から離れたものが、一般的に霊と呼ばれる存在だろう。だが天木曰《いわ》く、稀《まれ》に生きながらにして魂の一部を飛ばせる人がいるそうだ。とは言っても、その大半は無意識的に飛んでしまうものらしいが。

天木の説明を聞いても、啓介にはいまいちピンときていない様子だった。一方で織家は、天木と行った霊感テストが成功していたことに、今になって気づく。なぜならあの時、頭の中の開かずの間の中にいた人物とは——啓介だったからだ。

「部屋から出てきた啓介さんが消えたのは、本体である啓介さん自身の中に戻ったからと考えれば説明がつきます。医者にもわからないあなたの体調不良の原因も、魂の一部である生き霊が離れていたからだと思いますよ。これで快方に向かうといいですね」

正体が自分自身だったとはいえ、先ほどの不気味な男が自分の中に入ったというのは聞いていて気分のいい話ではないのだろう。啓介は自分の体に変化がないか触って確かめるような仕草を見せた後、はっとした様子で寝室に飛び込み明かりをつけた。織家と天木も、その後に続き部屋に入る。

一歩を踏み締めると、蓄積していた埃《ほこり》が空気中に舞う。ベッドには皺《しわ》が寄っており、コートハンガーには当時の啓介がよく着ていたスーツが掛かったままになっていた。八年前のあの日から時が止まってしまっていたかのようなその部屋に、当然紗月の姿は見当たらない。

「……なぜ、部屋の中に妻がいないんですか？」

「その質問こそが、理由のようなものですよ」

あれだけの体験をした後だ。尋ねるならば『なぜ部屋の中に自分の生き霊がいたのか』が普通だろう。だが、啓介は自身の生き霊のことよりも紗月の霊がいないことを悲観している。

「いいですか啓介さん。生き霊が肉体から離れる原因の最たるものは、強い執着心だと言われています。誰かを羨《うらや》むにせよ、妬《ねた》むにせよ、愛するにせよ、その気持ち一つに心を囚《とら》われてしまうことがトリガーとなり、相手の下へ飛んでいってしまうのです」

啓介の紗月に対する執着心が生き霊を飛ばすレベルに到達していることは、最早《もはや》語るまでもない。勘違いだったとはいえ、自分の寂しさを紛らわすためだけに妻の霊の成仏を拒み、八年もの間寝室に閉じ込めた気になっていたのだから。

言わばこの部屋は、啓介にとって大きな虫籠《むしかご》だったのだろう。幼い頃、織家が欲を優先して逃がすことのできなかったあのアゲハチョウは、一体どんな気持ちで命の灯火《ともしび》を消していったのだろうか。

「……私の生き霊が飛んでいたのはわかりました。この目で見た以上、否定もしません。ですが、なぜこの部屋にいたんですか？」

「啓介さんは、夢枕に立った紗月さんを成仏させまいと咄嗟《とっさ》に閉じ込めようとしたんですよね？　その時の強い執着心が引き金となって、枕元に立ったという奥さんの霊に向けて、つまりは部屋の中に向かって生き霊が飛んだ。それをそのまま、啓介さん自身が閉じ込めてしまったわけです」

ある意味では、自作自演とも言える。啓介は自分の心の隙間を、知らず知らずのうちに自分自身で埋めていたのだ。壁を叩き出してくれと懇願する自身の生き霊を愛する妻だと思い込み、優越感に浸って零《こぼ》した笑み。それこそが、織家のトラウマになっているあの不気味な笑みだったのである。

真相がわかってしまえば、織家はそんな父が酷《ひど》く哀れに思えて仕方がなかった。自分がしてきたことの虚《むな》しさが、かなり堪《こた》えたのだろう。啓介は部屋の中で崩れるように座り込む。

「……昔からこうなんです。相手の気持ちよりも、自分の寂しさを優先してしまう」

織家にとって、父の背中がこんなにも小さく見えるのは初めてのことだった。いつも自分の主張は絶対曲げない父が、開かずの間の正体を通じて見た自分の醜さに打ちのめされてしまっている。

啓介は、懺悔《ざんげ》でもするかのようにぽつりぽつりと語り始めた。

「生前の妻に疎まれていたことも、自覚していました。娘に対しても同じです。自分の傍にいつまでも置いておきたいからという子どものような理由で横浜の大学に行くことに反対して、そのせいで苦労をかけて……私は夫としても、父としても失格なんです」

落ち込んで当然のことはしてきたと、織家は思う。散々苦労もさせられたのだ。今回の生き霊騒動は、いい薬になっただろう。

それでも、織家の父親は世界にただ一人しかいないのだ。

「……勝手に騒いで、勝手に落ち込んで、本当に迷惑だよ。ずっと怖がってた開かずの間の中にいた相手がお父さんの生き霊だったなんて、正直むかついて仕方がない。……でも、お母さんの霊が見えていることをもっと早く話しておけば、お父さんがこんなに体調を崩すまで生き霊を閉じ込めておくこともなかった。だから、私にも落ち度はある」

「そっ、そんな！　紗奈は何も悪くない！」

「ううん、そんなことない。お父さんの気持ちを蔑《ないがし》ろにして横浜の大学に執着した私だって、人のことは言えないの。でも、人が何かに執着するのって当然のことだよね？　お父さんは限度を超えてたかもしれないけど……何かに執着しなきゃ生きていけないっていうのは、理解できるから」

執着の相手は時に最愛の妻や娘であり、立派な建築士という夢であり、かつて設計した事故物件であったりする。理由は様々で、形も少し歪《いびつ》なこともあるが、人はそれを糧にして生きている。

「……すまない、紗奈。今まで、迷惑をかけたね」

「私こそ、意地になってごめんなさい。でも、お父さんのこともこの家のことも捨てたわけじゃないよ？　ここは私の育った家で、私の帰る場所なんだから。毎日一緒にはいられないけど……今は建築士になりたいっていう私の執着を、応援してくれると嬉《うれ》しいかな」

「……ああ、そうだな」

解放された開かずの間の中にて、親子の蟠《わだかま》りが解消される。その光景を前に、天木は柔らかな笑みを浮かべていた。

◆

翌朝早々、織家は庭に小さな穴を掘っていた。傍らには、カビの生えてしまったアゲハチョウの標本が置かれている。

「それは？」と天木に問われ、織家は返答に少し悩む。

「うーん……過去の後悔みたいなものですかね。今更埋葬したって、意味なんてないのかもしれませんけど」

織家は箱を叩《たた》き割り、中の蝶《ちょう》を穴に入れると土を被《かぶ》せて両手を合わせる。その様子を、天木は何も言わずに見守ってくれていた。

その後、啓介に見送られて織家邸を後にした二人は、バスに乗り込み会津若松駅を目指す。朝早かったこともあってか、乗客は天木と織家だけだった。これから市内に近づくに連れて、次第に増えていくのだろう。

「大学の費用、支援してもらえることになってよかったじゃないか」

天木の言う通り、意地を張るのを止めた啓介はようやく織家の横浜の大学進学を認めてくれた。費用の全額を支援してもらえるわけではないが、今まではかなり余裕のある生活を送れそうだ。

だから、もう天木の事務所に間借りする必要もない。それに、当初織家から指定した雇用期間の三か月は近くにまで迫っていた。

父に保証人になってもらいアパートを借りて、事務所を辞め、また新しい場所で勉学に支障がない程度にバイトを始める。これからは遊ぶ時間も作れるだろうし、織家が思い描いていたキャンパスライフを謳歌《おうか》できるようになる。

――だが、それでいいのだろうか。


「織家くん」

考え込んでいた織家は、天木に名を呼ばれていつの間にか伏せていた顔を上げる。

「何ですか？」と問いかけると、彼は何気ない顔であまりに予想外の一言を放った。

「君のお母さんの紗月さんだが、おそらく今も生きているぞ」

――一瞬、世界が止まったかに思えた。バスのエンジン音が耳から遠ざかり、頭の中がたった今天木の発した言葉を理解するためだけに動いている。言葉の意味はわかっても、理解が後から追いついてくる気配すらない。

織家は「えっ？」や「嘘」などと小声で零しながらも、どうにか天木に対する質問を組み立てる。

「……何で、そう思うんですか？」

天木は足を組み直すと、車窓の外に広がる長閑《のどか》な景色を眺めながら話し始めた。

「まず気になったのは、実家に戻った君が紗月さんの墓参りに行こうとしなかったことだ。君は日頃から紗月さんの霊に出会っているわけだからその必要がないと考えているのかとも思ったが、そもそも君の家には仏壇どころか位牌《いはい》すらなかった。とはいえ、啓介さんの部屋は覗《のぞ》いていないから、そこにあるのかもしれないが」

「……いえ。父の部屋にもありません」

母親が亡くなったのならば、仏壇とは言わないまでも最低限線香を上げるスペースくらいは自宅に設けるものだろう。しかし、織家邸には確かにそれが存在しない。

「墓参りに行かなかったのは、そもそも墓がないからなのではないか？　亡くなっているのに墓を作れない理由となれば、原因は一つしかない。――行方不明だ」

天木の推測は、的を射ていた。織家は神妙な顔で頷《うなず》く。

「……その通りです。母は私が十歳の時に、突然行方不明になりました。当然警察にも届け出ましたが、今も見つかっていません」

「行方不明者が七年間見つからなければ死亡扱いにすることができ、墓なども立てることができるが……そこは君のお父さんが認めなかったんだろうな。行方不明のままの母親を、君はすでに亡くなっていると決めつけていた。その理由は何だ？」

「決まっているじゃないですか。私の前には時折母の霊が――」

答えようとして、すぐに自分の考えが間違っていたことに織家は気づく。約八年間に渡る壮大な勘違いに、思わず両手で口元を覆った。

人は死後、霊になる。霊となった母が自分の下に現れたのだから、行方不明の母は失《しっ》踪《そう》後早い段階で亡くなってしまったのだと織家は受け入れていた。

しかし――違うのだ。生きていても、人は霊に成り得る。そのことを、つい昨晩知ったばかりではないか。

「……私が見てきた母の霊は、生き霊だったって言いたいんですか？」

「行方を眩《くら》ませた母親が、娘を心配して生き霊を飛ばしていた。十分あり得る話だと思うぞ」

指摘されて、織家は母の霊が現れる時に感じていた違和感の正体にようやく気づく。顔だ。定期的に見ていたからこそ、その微々たる変化に気づくことができなかった。だが、母の顔は八年という歳月の分、確かに老いていたのである。

今にして思えば、服装もそうだ。出てくるたびに服装が異なっていたのは、生き霊を飛ばすその時に母の着ていたものが反映されていたからなのではないだろうか。

「啓介さんは、夢枕に一度だけ現れた夢なのか生き霊なのかわからない紗月さんを部屋に捕らえた気になっており、一方で織家くんの下には君を心配した紗月さんの生き霊がたまに現れていた。二人とも、彼女の霊を目撃したことで勝手に紗月さんはどこかですでに亡くなっていると思い込んでいたんだ」

生き霊が現れなければ、確かに織家も啓介もまだ紗月はどこかで生きていると信じ続けていたことだろう。現実味を帯びてきた推測に、天木は「それに」と決定打を打ち込む。

「川上邸の件でコンビニに寄った時、君は店内に紗月さんの姿を見ただろう？」

「見ましたけど……何でわかるんですか？」

あの時、織家はわざわざ伝えるべきでもないと思い、天木にはそのことを話さなかったはずである。

「僕にも紗月さんが見えていたんだ。もっとも、あの人が君の母だと知ったのは、君の家のLDKに飾ってあった家族写真を見た時だがな」

霊感ゼロの天木が、紗月の姿を見た。それは即ち、コンビニにいた紗月は生き霊ではなく、生身の人間だったという証拠になる。

亡くなったと思っていた母が、今でも生きていた。喜ぶべきことなのはわかっているが、織家は上手《うま》く笑顔を作ることができない。八年という勘違いの歳月を覆すには、まだ少し時間がかかりそうだった。

「……何で私にだけ教えるんですか？」

啓介の下を離れた今になって語っている以上、天木には啓介に伝える意思がなかったと考えられる。

「紗月さんが行方不明になった原因は、啓介さんの執着心だと思ったからだ。自分でも妻に疎まれていたと語っていたからな。その息苦しさは、生き霊を飛ばしてしまうほどに愛している娘を置き去りに逃げ出してしまうほどだった。そこを踏まえれば、少なくとも今すぐ啓介さんには話すべきではないと判断した。生きているとわかれば、彼は血眼になって彼女を探しかねない」

天木の考えに、織家は複雑ながらも同意した。今更かもしれないが、父にはようやく変化の兆しが見えたのだ。打ち明けるタイミングは、慎重に見定める必要があるだろう。

「……コンビニで私を見つけた時、母はどうして声をかけてくれなかったんでしょうか？」

「単純に、合わせる顔がなかったのではないか？　理由があったとはいえ、自分は娘を置いて逃げた悪い母親だという気持ちがあるのだろう。君を連れて逃げるという選択肢もあったとは思うが、失踪後の生活に君を連れ回すのも気が引けたのかもしれないな。これればかりは、紗月さん本人に訊《き》いてみなければわからないが」

天木の話を、織家は俯《うつむ》きながら複雑な気持ちで聞いていた。

「……母は、あの辺りに住んでいるんでしょうか？」

「夜の時間帯のコンビニにいたのだから、その可能性は高いと思う。探偵を雇うなり警察に目撃情報を提出するなりすれば、見つけられる可能性は十分あると思うが」

天木の提案に少しだけ悩みはしたが、最終的に織家は首を横に振った。

「……大丈夫です。生きているとわかっただけで、今は十分ですから」

自分には自分の人生があるのと同じように、母には母が選んだ人生がある。それに、母が生き霊を飛ばすほどに自分を心配してくれていたことは、これまでの人生でしっかりと伝わっているのだ。

今はただ、それだけで胸がいっぱいだった。

◆

横浜へ戻り、二週間が経過した。梅雨はすっかりと明け、それを待っていたかのように真夏の日差しはジリジリと地上を焼いている。

冷房の効いた事務所の赤いソファーに座る織家は、空橋の連れてきた黒猫のヒゲ丸を膝《ひざ》の上に乗せたまま、はあ、と気のない溜息《ためいき》を落とした。

「織家ちゃん、大丈夫？　夏バテとか？」

「……あ、いえ。大丈夫ですよ」

空橋の心配に笑顔で答えつつも、やはりふとした瞬間に思い出してしまうのは母のこと。

無理に会うつもりはない。その決断に変わりはないのだが、心残りが一つだけある。

生き霊とは魂の一部を飛ばす行為であり、長年に渡り分離した生き霊を開かずの間に閉じ込めていた父は、その影響で体調を崩していた。母もまた、似たような状況下にあるかもしれない。

コンビニで生身の母を目撃して以降、生き霊は織家の前に姿を現していなかった。仮に現れたとしても、母の霊と意思疎通ができないことは織家が一番よく知っている。たった一言でいい。織家は、母に『私は元気にやっているから』とだけ伝えたかった。立派とまでは言わないまでも成長して、夢を見つけて、自分の人生を前向きに歩いている。そのことを伝えて、安心させたかった。

そうすれば、きっと生き霊はもう飛んで来なくなるはずだから。

「戻ったぞ」

事務所の玄関から帰ってきた天木は、郵便受けに入っていたと思《おぼ》しき封筒をいくつかローテーブルの上に置くと、すぐにネクタイを緩めながら水分を摂《と》るため給仕スペースへと向かう。アポなしで来ていた空橋とヒゲ丸に対しては、いつものことなので一瞥《いちべつ》するだけで特にリアクションは示さなかった。

天木は冷えた麦茶をコップに注いで、一気に流し込む。すぐに二杯目を注ぎ始めた辺りで、織家は何気なくローテーブルに天木が置いた何通かの封筒を手に取った。その大半は業者からの請求書の類《たぐい》だったが、一通だけ『天木建築設計御中』とだけ書かれた白い封筒が紛れている。首を傾げながら裏返すも、送り主の住所は書かれていない。しかし、名前だけはしっかりと綴《つづ》られていた。

――紗月、と。

「えっ⁉」

思わずソファーから立ち上がり、驚いたヒゲ丸が血相を変えて逃げていった。

「天木さん！　お母さんから手紙が！」

「ああ、そのようだな」

天木は、封筒の中にそれが紛れていたことを把握していたようだ。

「どうして私がここにいるとわかったんでしょう？」

「何のことはない。君が紗月さんを目撃したのと同様に、紗月さんも君を目撃していたんだ。コンビニには社名入りの車で行ったのだから、その車から君が降りて来たのを見ていれば、天木建築設計に手紙を送れば娘に届くかもしれないと考えても不思議ではない」

冷静に二杯目の麦茶を飲み干した天木は、手紙を見つめる織家に「開けてみるといい」と開封を促す。しっかりと糊付《のりづ》けされた封筒の際をハサミで切ると、中からは二枚の便箋《びんせん》が出てきた。

天木建築設計　代表者様
突然このような手紙を送りつけることを、どうかお許しください。
六月中旬辺りに、○市のコンビニにてそちらの社名が入った赤い車から十八歳くらいでショートボブの髪形をした女性が降りてくるのをたまたま目撃いたしました。その子の名前は、織家紗奈で合っていますでしょうか？
もし違っていましたら、この手紙は破棄してください。ですが、もしも合っているのであれば、この手紙をどうか紗奈に届けていただけませんでしょうか。いきなりの不躾《ぶしつけ》なお願いで、申し訳ございません。

紗奈。元気にしていますか？　あなたの母ですと名乗る資格はありませんが、紗月ですと言えばわかってもらえますか？

コンビニで紗奈らしき子を見かけて、居ても立ってもいられずこんな手紙を綴らせてもらいました。

紗奈を置いて逃げ出した私に、今更何も言う権利はありません。言い訳もしません。紗奈に会う勇気がないから、住所も連絡先も書くことができません。弱い人間で、本当にごめんなさい。

でも、一つだけ言わせてください。私は立派になった紗奈を見て、安心しました。これからの紗奈の人生が幸多いものになることを、心の底から祈っています。

いつか必ず、私の方から会いに行きます。今はもう少しだけ、時間をください。

最後まで読んでくれて、ありがとう。どうか、健康には気をつけて。

紗月　拝

ボロボロと零《こぼ》れ落ちる涙が、手紙に水玉模様を作った。空橋の差し出したハンカチを「すみません」と受け取ると、織家は目元を拭《ぬぐ》う。

母を安心させることができた。これでもう、織家の下に母の生き霊が現れることはない。それは少し寂しい気もしたが、喜びの方が大いに勝っていた。

「望む結果は得られたか？」

天木の問いに、織家は笑顔で「はい！」と答えた。

虫籠《むしかご》から逃げ出した蝶《ちょう》は、今もどこかを自由に飛んでいる。きっとまたいつか、出会える日が来るだろう。

エピローグ

　夏休みを迎えた元気な子どもたちを街中で見かけることの多くなった、七月の下旬。約束した契約期間の三か月が満了する日の夜、天木は織家を街へと連れ出した。

　みなとみらい線の元町・中華街駅で降り、徒歩十分ほどで到着したのは最早《もはや》白さなど欠片《かけら》も感じない『白い家』だった。前回織家が一人で来た時は日中だったので、夜に訪れるとその悍《おぞ》ましさは何倍にも膨れ上がっている。

「今更だが、白状させてくれ。Y大学で君と再会して喜んだのは、あの時の中学生が大きくなったなと思ったからではない。そして、君に霊感があると判断した材料は、壇上にいる教授の霊を恐れて僕の方へ目を向けていなかったからというだけではないんだ」

　天木の告白の意味は、織家にも理解することができた。

「わかります。私も、実家でふと思い出すまですっかり忘れていました。私は完成見学会で中を見せてもらったあの日――この家のクローゼットで、血走った目を目撃していたんです」

　実家の自室で就寝する際に意図せず行ってしまった、目を瞑《つぶ》って家の中を巡るという霊感テスト。脳内の白い家を散策していた織家は、一階のクローゼットの奥からこちらを覗《のぞ》く何者かを目撃していた。

それと目が合った時に、思い出したのだ。自分は、過去にあの場所でそれを見てしまっていたことを。

「私はあの時、悲鳴を上げて逃げるようにこの家を後にしました。天木さんはそれをずっと不思議に思っていたんですよね。そして後に、白い家はこうなってしまった。だから私には霊感があると思っていて、もし再会できたら貴重な証言を得られると考えていたんじゃないですか？」

「……ああ、図星だ」

降参と言うように、天木は肩を竦《すく》めて見せた。

「でも君は、あの家の良かったところだけを話して、目撃したであろう何者かには一切触れなかった。だから思い出したくないか、もしくは忘れてしまっているのだと思い尋ねることができずにいたんだ」

「……後者が正解です。私は、ようやく見つけた夢を帰り際に見たあんなもので台無しにしたくなかったから、おそらく記憶に蓋《ふた》をしてしまっていたんだと思います」

織家にとっては夢の始まりであり、天木にとってはオカルトを追究する理由となった白い家。道路から見上げているだけで足の竦むこの家まで連れて来て、天木は何をするつもりなのだろうか。

「言っておきますけど、絶対に中には入りませんからね」

というより、入れないのだ。天木の言っていた通り、この家は今までの事故物件とは格が違う。現時点で全身の霊感が警告を放ち、門扉より先に踏み入ることは織家の本能が決して許さない。

「入れなんて言わないさ。この家の危険性は、誰よりも僕が一番よく知っている。今日は見に来ただけだ。肝試し気分で入る馬鹿がいないか、たまには確認しに来なければならない。一応、僕の所有する物件だからな」

「……この家、天木さんが買い取ったんですか？」

「ああ。いつか怪異を取り除き、綺麗《きれい》に直してまた別の人に住んでもらえるようにするつもりだ」

設計が気に入っているのであれば、どこか別の地に同じ材料で同じ間取りの家を建てればいい。――だが、そういう問題ではないのだろう。

世界にたった一軒だけの家で始まるはずだった一家の生活が、理不尽な怪現象によって打ち砕かれた。天木はそれが悔しくて許せないから、確固たる地位を確立しているにも拘《かか》わらず事故物件調査などということを行っているのだ。

怪現象から、家主を救うために。そしていつの日か、白い家に再びその役目を果たしてもらうために。

「付き合ってもらって悪かったな。帰ろうか」

踵《きびす》を返した天木を、織家は「待ってください」と呼び止める。迷いがないと言えば嘘になるが、続く言葉を止めることはできなかった。

「……バイトの契約、延長できませんか？」

「いいのか？　これからも怖い目に遭うだろうし、いつかはこの白い家にも入ってもらうことになるかもしれないぞ」

「そこも踏まえて考えさせるために、私をここに連れてきたんですよね？　いつまでも私が天木さんの手のひらの上で踊っていると思ったら、大間違いですよ」

織家の返しに、天木は困ったように頰を指先で掻《か》いていた。

「これは、私の意思です。夢を与えてくれたこの家を、私だって救ってあげたい。怖いのは苦手だし、避けられるものなら避けていきたいけれど……私の霊感が、困っている人の役に立つことも知りました。だから……よろしくお願いします」

頭を下げて、握手を求めた織家は右手を突き出す。何だか告白したような感じになってしまったなと勝手に赤面していると、その手を大きな手のひらが包み込んだ。

「言っておくが、僕は容赦しないからな」

「の、望むところです！」

脅しに負けじとやる気を見せると、天木は珍しく満面の笑みを見せてくれた。

◆

家とは、本来住む人にとって最も寛《くつろ》げる場所であるべきだ。しかし、世の中には理屈では説明のつかない怪現象で家主を苦しめる事故物件が数多く存在している。

その悩みを解決するのはお祓《はら》いや除霊が定番だが、世の中にはそういった物件を自ら進んで調査する風変わりな建築士がいる。織家も、つい三か月ほど前に知ったことだ。

最初は変な男だと思ったが、彼には彼なりの信念があり、織家も最終的にはその信念に賛同する形となった。世の中には、彼——天木悟のような建築士が、一人くらいはいてもいいのかもしれない。

「行くぞ、織家くん」

「待ってくださいよ、天木さん！」

今日も今日とて、天木は意気揚々と事故物件調査に繰り出す。そんな彼の背中を、織家は慌てて追いかけるのだった。

本書は書き下ろしです。この作品はフィクションであり、登場する人物・地名・団体等は実在のものとは一切関係ありません。

事《じ》故《こ》物《ぶつ》件《けん》探《たん》偵《てい》

建築士《けんちくし》・天木《あまき》悟《さとる》の執心《しゅうしん》

皆藤《かいとう》黒助《くろすけ》

令和５年 12月25日　初版発行

発行者●山下直久

発行●株式会社KADOKAWA
〒102-8177　東京都千代田区富士見2-13-3
電話　0570-002-301（ナビダイヤル）

角川文庫 23951

印刷所●株式会社暁印刷
製本所●本間製本株式会社

表紙画●和田三造

ISBN 978-4-04-114406-0　C0193

◇◇◇

角川文庫発刊に際して

角川源義

第二次世界大戦の敗北は、軍事力の敗北であった以上に、私たちの若い文化力の敗退であった。私たちの文化が戦争に対して如何に無力であり、単なるあだ花に過ぎなかったかを、私たちは身を以て体験し痛感した。西洋近代文化の摂取にとって、明治以後八十年の歳月は決して短かすぎたとは言えない。にもかかわらず、近代文化の伝統を確立し、自由な批判と柔軟な良識に富む文化層として自らを形成することに私たちは失敗して来た。そしてこれは、各層への文化の普及滲透を任務とする出版人の責任でもあった。

一九四五年以来、私たちは再び振出しに戻り、第一歩から踏み出すことを余儀なくされた。これは大きな不幸ではあるが、反面、これまでの混沌・未熟・歪曲の中にあった我が国の文化に秩序と確たる基礎を齎らすためには絶好の機会でもある。角川書店は、このような祖国の文化的危機にあたり、微力をも顧みず再建の礎石たるべき抱負と決意とをもって出発したが、ここに創立以来の念願を果すべく角川文庫を発刊する。これまで刊行されたあらゆる全集叢書文庫類の長所と短所とを検討し、古今東西の不朽の典籍を、良心的編集のもとに、廉価に、そして書架にふさわしい美本として、多くのひとびとに提供しようとする。しかし私たちは徒らに百科全書的な知識のジレッタントを作ることを目的とせず、あくまで祖国の文化に秩序と再建への道を示し、この文庫を角川書店の栄ある事業として、今後永久に継続発展せしめ、学芸と教養との殿堂として大成せんことを期したい。多くの読書子の愛情ある忠言と支持とによって、この希望と抱負とを完遂せしめられんことを願う。

一九四九年五月三日

ISBN 978-4-04-113182-4

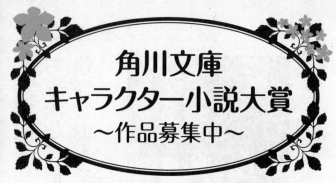